U0139707

—— 作者 ——

威廉·艾伦

　　牛津大学大学学院希腊和拉丁语言文学的"麦康奈尔·莱恩"导师兼古典文学副教授，学术专长为希腊古风与古典时期的文学与思想史，尤长于史诗与悲剧。著有《安德洛玛刻与欧里庇得斯悲剧》（2000）、《欧里庇得斯：赫拉克勒斯的孩子》（2001）、《欧里庇得斯：美狄亚》（2002）、《欧里庇得斯：海伦》（2008）、《荷马：伊利亚特》（2012）及《希腊哀歌与短长格讽刺诗：选集》（2019）等多部学术专著。

[英国] 威廉·艾伦 著　马睿 译

牛津通识读本·

古典文学

Classical
Literature

A Very Short Introduction

译林出版社

图书在版编目（CIP）数据

古典文学 ／（英）威廉·艾伦（William Allan）著；
马睿译 . —南京：译林出版社，2023.1
（牛津通识读本）
书名原文：Classical Literature: A Very Short Introduction
ISBN 978-7-5447-9323-0

Ⅰ.①古⋯ Ⅱ.①威⋯ ②马⋯ Ⅲ.①外国文学－古
典文学研究 Ⅳ.①I106

中国版本图书馆 CIP 数据核字（2022）第 140799 号

著作权合同登记号　图字：10-2015-282 号

古典文学 ［英国］威廉·艾伦 ／著　马　睿 ／译

责任编辑　　许　丹
装帧设计　　孙逸桐
校　　对　　王　敏
责任印制　　董　虎

原文出版　　Oxford University Press, 2014
出版发行　　译林出版社
地　　址　　南京市湖南路 1 号 A 楼
邮　　箱　　yilin@yilin.com
网　　址　　www.yilin.com
市场热线　　025-86633278
排　　版　　南京展望文化发展有限公司
印　　刷　　徐州绪权印刷有限公司
开　　本　　850 毫米 ×1168 毫米　1/32
印　　张　　5.375
插　　页　　4
版　　次　　2023 年 1 月第 1 版
印　　次　　2023 年 1 月第 1 次印刷
书　　号　　ISBN 978-7-5447-9323-0
定　　价　　59.50 元

序 言

张 巍

    这是一本值得向古希腊罗马文学爱好者推荐的"通识读本"。作者威廉·艾伦（1970年出生于苏格兰，现任牛津大学大学学院古典语言与文学副教授，学术专长为希腊古风与古典时期的文学与思想史，尤长于史诗与悲剧）在原著区区120余页（中译本140余页）里，上起公元前8世纪的荷马史诗，下迄公元2世纪的罗马小说，对最为经典的古希腊与古罗马文学作品做了一番整体性的概览。要完成这一任务，套用作者自己的话来说，"看似疯人之举"（第1页）。摆在作者面前的首要难题，是在力求言简意赅又不失要领的同时，能够让普通读者领略古典文学的经典意义，甚至还能随之感到兴味盎然。

    针对这一难题，古典文学简史诉诸不同的写法，最常见的有三种。第一种是传统的写法，即按照历史时期的时间顺序来展开文学史叙事，通常把希腊文学分作古风、古典、希腊化和帝国四个时期，把罗马文学分作早期共和国、晚期共和国、奥古斯都时期、早期帝国和晚期帝国五个时期，然后再把各个时期的文学作品按样式归类，专注于每个时期最重要的作家及最重要的作品，以此勾勒出古典文学发展的整体面貌。以牛津大学出版社近几十年来向普通读者推出的古典文学简史为例，1980年初版（1997年第二版）的《古希腊文学》，由四位英国古典学名家多佛（Kenneth Dover）、韦斯特（Martin L. West）、格里芬（Jasper Griffin）和鲍伊（Ewen Bowie）合撰，采取的便是较为传统的写法，意在突出古希腊经典作家在文学上取得的伟大成就，强调这些文学作品所奠定的西方人文主义精神；而2000年面世的《古希腊罗马世界里的文学：一种新视角》，由牛津大学古典学者塔普林（Oliver Taplin）主编、多位英美古典学者共同执笔，力图偏离传统文学史以作家为重心的视角，转而以文学作品的原初受众为叙述视角，这些受众包括听众、观众和读者，每一种又可根据文学活动与表演的具体场景分为许多不同类型，由此构成文学交流的许多不同模式。该著本着此种"新视角"而另辟蹊径，从文本所属的时代出发，着重考察文学作品的创作者和接受者之间的互动关系及其多样性，探索这些互动关系的宏观模式与历史嬗变，当属于第三种写法。

介于这两者之间的第二种写法，是以文学样式或文类为线索，围绕不同的文类展开叙述，关注每一种文类的形成与发展、兴盛与衰亡、成规与创新、典型风格与风格差异，以及文类之间的竞比与高低分判，这本2014年新镌的"牛津通识读本"《古典文学》便采用了这种写法。作者以文类为纲，列出史诗、抒情诗和个人诗、戏剧、撰史、演说、田园诗、讽刺文学和小说这八大文类，构成全书最主要的八章内容。在导论性质的第一章里，作者开宗明义地提出："古典文学最非凡的一面，也就是它高度发达的文类意识"（第14页），因为"一切古代文学文本都是某一文类的作品，即便它们也跟其他文类交互融合"（第14页），所以"若论古典文学的影响，意义最为深远的当属主要文类及其规范的发明"（同上），这几条根本性的原则贯串成全书最关键的线索。此后，作者在每一章里按时间顺序从古希腊讲到古罗马，着力贯通这两种文学传统，突出不同时期里同类文学样式的延续性。因此，这本《古典文学》大致可以被视作一部"分类文学简史"，对读者掌握古典文学里极为重要的"文类"概念颇有助益。

作为"牛津通识读本"，《古典文学》的理想读者自然是西方的普通读者，但对于今日中国的普通读者而言，此书的译介也有其价值。纵观国内的同类书籍，以文类为纲的古希腊罗马文学简史可谓罕见。这不禁使人遥想起百年前（1917年），刚过而立之年的周作人受聘于北京大学，奉命为学生讲授"希腊罗马文学史"，因事属草创，没有合适的教材，便自编起讲义来。他慧眼独具地以文类为纲，将古希腊文学分作史诗、歌、悲剧、喜剧、文、哲学、杂诗歌、杂文等文学样式，将古罗马文学分作戏曲、文（细分作撰史文、学术文、演说文、小说文等）、诗（细分作哲学诗、叙事诗、哀歌、牧歌、讽刺诗等等）和杂诗文四大类文学样式，并据此对古希腊罗马文学做了规模初具、钩玄提要的概述。这位最早系统性地向国人介绍西方古典文学的先行者，眼光犀利地察觉到，强烈的文类意识正是古希腊罗马文学的真正精髓，也是其经典性历久弥新的生命力所在。对于百年后艾伦的这本面貌一新却又似曾相识的古典文学"分类简史",他应该会引为同道,报以赞许的微笑吧。

2019 年 11 月 20 日于复旦光华楼

献给彭妮、布莱恩和拉塞尔

目　录

前　言

　　既是通识读本，就该有一篇短小精悍的前言。衷心感谢"牛津通识读本"系列高级组稿编辑和高级助理组稿编辑安德烈娅·基根和艾玛·马自始至终的帮助。本书是在柏林国家图书馆（林登大道）那间装修得金碧辉煌的阅览室里写作完成的，感谢该馆诸位工作人员的友好协助。我还想感谢迈克·斯夸尔和克里斯·惠顿帮我寻找和选择插图，谢谢他们给我在柏林的生活留下了那么多美好回忆。最后，我的妻子劳拉·斯威夫特仔细阅读了全书，并且在很多方面让它变得更加完美，我像以往任何时候一样，对她充满感激。

W. R. A.

于柏林

2013 年 7 月

第一章

历史、文类和文本

　　要对时间跨越1 200多年（约公元前750—公元500）的古典文学历史来一番简略概述，大概看似疯人之举。相比之下，"蒙蒂·派森"①喜剧片里的"全英普鲁斯特梗概大赛"的参赛者有整整15秒钟的时间，却只需总结7卷小说的梗概。不过还是要知其不可而为之，因为如果未来要更详细地考察古典文学的主要文类，一份示意图总能派得上用场。

　　传统上对古典文学的分期，所对应的无非是我们熟悉的古代史几大块——泛泛地说，把希腊文学分为古风时期、古典时期、希腊化时期和帝国时期；把拉丁文学分为共和国时期和帝国时期（下文中会再提到这些划分）。在研究某一特定的文学（如英国文学、法国文学、德国文学等）时，文学和历史分期基本一致并不罕见，因为大多数人都承认我们可以通过文学来追溯历史变迁。

　　当然，所有这些分期都是人为建构，是学者们事后创造出来的。事实上由于各个文学或历史时期彼此交织，无法在其间划出一条清晰的分界线。不过只要事先恰当说明，也就是说，只要

---

　　① 英国的一组超现实幽默表演团体，此处提到的喜剧片为《蒙蒂·派森的飞行马戏团》。——译者注。除非另有说明，本书中文脚注均为译者注。

我们注意不掩盖各个时期之间的连贯性，不暗示每一个特定时期内都是整齐划一的，不把某个特定文本的含义简化为表达某个想当然的"古代"或"尼禄时代"（诸如此类）世界观，那么约定俗成的分期还是有用的。毕竟，文学形式的确随着时间的流逝而发展变化，又无法孤立于更宏大的政治和文化变革，因此，尝试追溯这些发展变化并对具体的阶段加以界定，既合所愿，又有所长。

除了为一个浩瀚的时间段竖立有用的路标之外，文学史术语还能指出不同历史时期在核心主题和关注焦点上的重要区别——比方说，比较一下英国文学中"浪漫主义"和"维多利亚时期"这两个术语，它们所指向的关注点不尽相同。如果一个新文学运动的诞生是由作家们自己宣告的，那么学者的工作就容易多了。例如公元前3世纪，希腊诗人卡利马科斯就发表了一篇关于深奥晦涩文学的宣言，开创了所谓的"希腊化"或"亚历山大里亚派"美学。然而就算作家们没有那么自觉，我们仍然能够回顾性地追溯不同文学运动的兴起，虽然不管是作家本人还是后来的评论家，往往都会夸大该运动与过去的决裂：弗吉尼亚·伍尔夫的那句玩笑话——"大约在1910年12月，人性发生了改变"（《贝内特先生和布朗夫人》，1924年），就精准地表达了为不同时代划清界限的诱惑与危险。

无论怎样为古典文学分期，有时都会让人感觉像是古代史速成课，不过我更愿意把它看成一件好事：毕竟，虽然文学有时会超越时代，但它始终扎根于所处时代的现实中。因此，古代奇幻小说（见第九章）以颠三倒四的方式反映了古代人对世界的有限认识，正如过去一个多世纪里，现代科幻小说也以同样的方式反映了科技发展和政治格局。伟大的文学作品或许在某种意义上是"无关时间"的永恒杰作，但如果对它起源的历史背景一无所知，便无法充分理解古典（或任何其他）文学。

迈锡尼文化于公元前1200年前后衰落，在其后几个世纪的希腊历史中，写作的技艺尚无人知晓，但口头诗歌和各种形式的说书却蓬勃发展。公元前8世纪初，希腊人修改了腓尼基字母来适应自己的语言，希腊"文学"（也就是书面文本记录）的传统由此开始。由于历史的偶然，就在文学作品被重新发现的同时，天才荷马出现了，因此他创作于公元前725—前700年前后的伟大史诗《伊利亚特》和《奥德赛》不仅是最伟大的，同时也是最早的古典文学作品（想象一下如果英国文学始于莎士比亚横空出世，那场面是何等壮观吧）。传统上把公元前776年第一次奥林匹克运动会开幕到公元前479年希波战争结束这段时期称为"古风时期"，但切勿认为"古风"一词就意味着"原始"，因为这是希腊文学最有活力和最勇于实验的时期之一，那个时代流传下来的史诗和抒情诗堪称史上最震撼人心、最匠心独运的（见第二章和第三章）。古风时期还是扩张和殖民的时代，希腊各城邦纷纷把商人和殖民者派往地中海沿岸各地，从马赛利亚（当今的马赛）到埃及的瑙克拉提斯（位于沿尼罗河下游50多英里处），这样的文化活力和多样性反映在这一时期主要作家的作品中，他们来自希腊语世界的各个角落（见地图1）。

地图1　希腊世界

克森尼索

黑海

伊斯特洛斯

色雷斯

拜占庭 迦克墩

科尔基斯

锡诺普

特拉伯佐

亚美尼亚

特洛伊
密特里尼
米西亚
帕加马
莱斯博斯
士麦那 萨第斯
爱奥尼亚
以弗所 吕底亚
希俄斯
米利都 卡里亚
萨摩斯 哈利卡那索斯 利西亚
科斯岛
罗德岛

佛里几亚

安提俄克

大马士革

塞浦路斯

推罗

波斯 →

亚历山大

瑞克拉提斯

埃及

俄克喜林库斯

相反，古典时期（公元前479—前323），也就是从波斯大败到亚历山大大帝之死这个时期，文学由一个城邦一统天下，那就是雅典。希腊人战胜了庞大的波斯侵略军，这不仅加强了他们对"野蛮人"（非希腊人）的优越感，也使雅典人为自己的利益而利用了一个原本为防御而建的同盟（即为了击退波斯下一波攻势而组成的提洛同盟①），把它变成了雅典帝国的发动机。帝国的财富，再加上开放的民主文化，吸引了来自整个希腊世界的知识分子和艺术家，雅典因而成为希腊的文化中心，伯里克利在歌颂城邦的赞歌中称之为"全希腊的学校"（修昔底德，《伯罗奔尼撒战争史》2.41）。各种文学形式在雅典民主制度下的公共表演场所兴盛起来：在国家资助的戏剧节上表演悲剧和喜剧（第四章）；在法庭和集会上演讲（第六章）；在政治家和知识分子圈子里编纂历史，他们有志于理解（不止于此）希腊何以赢得希波战争，以及雅典何以在伯罗奔尼撒战争中输给了斯巴达（公元前431—前404；见第五章）。公元前5世纪末被斯巴达击败之后，雅典仍然是文化重镇，它的民主也保留了下来。到了公元前4世纪，伟大的作品仍然层出不穷，特别是演说、历史和哲学等散文体作品（这个时期很少有诗歌流传下来）。和"古风"文学一样，切勿将"古典"混同于"谨慎"或"乏味"：古典时期最优秀的作者都是真正的革新者，影响了后来几个世纪的戏剧、诗歌和散文等主要文学形式。

---

① 提洛同盟成立于公元前478年，是希腊城邦组成的一个联盟，由雅典领导。在波斯第二次入侵希腊的最后阶段，希腊在普拉提亚战役中获得胜利后，为继续对抗波斯帝国而成立了此同盟。

希腊化时期（公元前323—前31）从亚历山大大帝之死持续到屋大维在亚克兴角战役中打败马克·安东尼和埃及的克莱奥帕特拉七世，这一时期的希腊（以及随后的希腊-罗马）文化得到了极大的推广。亚历山大军事扩张的步伐远至波斯湾、印度和阿富汗，他的将军们继承了各式各样的世袭王国，其中最持久的就是埃及的托勒密王朝。托勒密一世在亚历山大港建起了图书馆和博物馆，前者志在收集有史以来的每一部希腊文学文本并为其编目，后者意在成为每一个艺术和科学领域学者的研究中心。托勒密王朝的历任国王继续为这两个机构提供资助，在如此卖弄学问且补贴丰厚的学术氛围中，出现了一个新的文学运动，前所未有地把文学和学术研究融为一体。"亚历山大里亚派"的标志就是博学和文雅。它的权威人物、学者诗人卡利马科斯宣称："我吟唱的每一句诗都是经过考据的。"早期的文学也不乏典故和创意，但这时诗人的学识越发外露和刻意为之，创新得到了更大的重视。虽说有些作者陷入乏味的晦涩泥沼，急于卖弄小聪明却总是弄巧成拙（举例来说，尼坎德关于各种毒药及其解药的诗歌本身就足以令人汗毛倒竖），但这一时期最优秀的作家仍利用自己的学识为陈腐的文学形式注入了新的生命（例如卡利马科斯和阿波罗尼俄斯对史诗的改革：见第二章），或独创出前所未有的新文学形式（忒奥克里托斯发明了田园诗：见第七章）。

　　到现在为止，我们讨论的主要都是希腊文学。罗马虽然（根据古代人的估计）建于公元前753年，但现存的拉丁文学都是公元前3世纪中期以后创作的。因此，共和国时期（公元前509—

前31）的前几个世纪，也就是从最后一个罗马国王塔克文尼乌斯·苏佩布被驱逐，宣布采用共和政体，一直到该政体在公元前1世纪的内战中自毁，罗马在文学上是一片空白。然而现存最早的拉丁文学——李维乌斯·安德罗尼库斯、奈维乌斯和恩尼乌斯的史诗，恩尼乌斯和帕库维乌斯的悲剧，普劳图斯和泰伦提乌斯的喜剧（最后这一类是早期仅存的完整文本）——表明，与"古风"希腊文学一样，不要误以为"早期"就意味着"质朴单纯"。因为这些创作于公元前240—前130年前后的文本不仅反映了罗马人在这一时期惊人的军事成就（罗马因而成为地中海世界的主要力量），同时还以长远的眼光和极大的创意继承和发扬了它们的希腊文学榜样。举例而言，恩尼乌斯就声称自己是荷马转世，是希腊文化转移到罗马的终极象征（第二章）。

这些早期的作家通过改编希腊的文学形式来满足新的读者和兴趣点，并把它们与本土的意大利传统结合起来，开启了"罗马化"过程，后来所有的拉丁作家都在延续这一过程。当希腊自身于公元前146年落入罗马统治者之手，希腊文学和文化对罗马的影响就更加强烈了。老加图这位当时的政治家和作家，就利用了大众对贵族阶层如此亲希腊的焦虑，他反其道而行之，创造了一个简单直接、返璞归真的淳朴罗马人的形象。（老加图的作品显示他曾饱读希腊文学，但他意识到迎合罗马人对附庸风雅的希腊人的鄙视可以带来政治利益，何况希腊人如今还是他们的行省臣民。）不过大多数拉丁作家还是更加开诚布公地承认希腊传统对自己的影响。贺拉斯有意写下的一句悖论式评语最精准地表达了这种强烈的文化互动："被征服的希腊征服了野蛮的征服者，把艺术/带给粗鄙的拉提乌姆。"（贺拉斯，《书信集》第二部第一首，第156—157行）①换句话说，罗马的军事扩张同样丰富了它的文化。文学创作的中心（先是雅典，后来是亚历山大港）如今是罗马。虽然共和国时期重要的拉丁作家无一出生在罗马，但他们全都去往那里，寻求资助人、读者和功名。

共和国的最后几十年里，贪婪和私利破坏了国家的安定，凯撒与庞培、屋大维与马克·安东尼等军阀动用前所未有的暴力对付公民同胞。这一时期的文学力图解释天下混乱的意义，也对卢克莱修、卡图卢斯和撒路斯特的政治野心展开了无情抨击。许多拉丁文学最伟大的人物都经历了共和国崩溃而陷入独裁的过程，他们的作品（特别是西塞罗、维吉尔和贺拉斯的作品）都对内战的影响以及内战所催生的帝国制度进行了深刻的探讨（见第二、三、六章）。屋大维（公元前63—公元14）在公元前31年的亚克兴角战役后独掌大权，并于公元前27年改名"奥古斯都"（这个名字暗含着宗教和政治权威），成为第一任罗马皇帝，并实施了帝国制度。他还宣称自己是共和国的复兴者，以此来巧妙地掩盖帝制的革命和暴政性质。

奥古斯都时期（公元前44—公元17）从尤利乌斯·凯撒被暗杀（以及他19岁的继承人屋大维的崛起）开始，到诗人奥维德

---

① 译文引自李永毅译注，《贺拉斯诗全集：拉中对照详注本（上）》，中国青年出版社2017年版，总第6411页。诗句中的"拉提乌姆"为古意大利半岛中部一地区，拉丁语原本是此地的方言。

之死结束，时间横跨了从共和国到帝国的暴力转型，这一时期的杰出作家（维吉尔、贺拉斯、提布鲁斯、普罗佩提乌斯、奥维德和李维）以非凡的洞察力探讨了文学与权力的关系，他们对近期历史的反思有时很令人不安，却赋予了他们的作品以优势。当然，这些作家中的每一位都对新政体做出了独特的反应，而且他们的反应随着时间的流逝和帝国制度本身的演化而不断变化，所以不存在一种整齐划一的"奥古斯都时期"文学。因此，在公元前1世纪30年代，罗马社会仍然处于四分五裂阶段，既看不到尽头，也看不清谁会成为胜利者，维吉尔和贺拉斯在此时的早期作品，与奥维德在公元前16年那段时间之后、奥古斯都独掌大权已成现实的时代所写的作品，自有云泥之别。

奥古斯都时期的诗人力图与希腊的古典文学相媲美：维吉尔自称继承了荷马的衣钵，贺拉斯是新时代的阿尔凯奥斯（遑论其他所有的希腊抒情诗人），普罗佩提乌斯则声称是新时代的卡利马科斯。然而与"古典"一词一样，认为"奥古斯都时期"（正如用它来标记的英国文学的一个时期[①]）就是指"克制"或"和谐"，也可能会掩盖这些作品的革命性。诚然，在对待奥古斯都彻底转变了罗马社会本身的方式上，最能体现这些作家的勇气和抱负，包括有时候他们干脆拒绝赞美它（第三章）。

共和国末期和奥古斯都时期的文学品质出众，以至于传统上

[①] 在英国文学中，18世纪被称为"奥古斯都时期"、新古典主义时期和理性主义时期。"奥古斯都时期"这一名称源于这一时期的许多作家都自觉地模仿古罗马奥古斯都时期的作家维吉尔和贺拉斯。

称这一时期为拉丁文学的黄金时代，紧随其后的是帝国早期的白银时代（公元17—130）。但这些自带评判内涵的术语如今已经不再流行了，无论如何，它们低估了帝国时期的许多作家在新形势下写作的成功：史诗诗人卢坎、小说家佩特罗尼乌斯、讽刺作家尤维纳利斯以及历史学家塔西佗比起他们的前辈毫不逊色。不足为奇，帝国时期所有拉丁文学关心的一个中心问题，是作家与皇帝的关系，以及作家与文学传统的关系。公元8年，奥古斯都把奥维德流放到黑海，并禁止他粗俗的爱情诗出现在皇帝建于帕拉丁山上的图书馆中；提比略（公元14—37年间在位）迫使拥护共和国的历史学家克莱穆提乌斯·科尔都斯自杀，还焚烧了他的书籍；而在尼禄（公元54—68年间在位）的逼迫下，卢坎、佩特罗尼乌斯和塞涅卡（皇帝本人的前导师和顾问）全都自杀了。图密善（公元81—96年间在位）尤其偏执和专横，塔西佗、普林尼和尤维纳利斯都曾抨击过他，只不过这些抨击都是在他死去、王朝结束之后进行的，因而还是保持了安全距离。像斯塔提乌斯和普林尼这样颂扬当政皇帝的作家，鄙视他们的谄媚固然容易，服从毕竟从来没有反抗的姿态来得性感。然而他们在体制内写作的决定也是可以理解的，也使卢坎的反帝檄文和塔西佗对自奥古斯都以来这段罗马历史的尖刻分析显得更加令人钦佩。

帝国时期的希腊文学对罗马的权力（参见地图2）也有着同样的担忧。哈德良（公元117—138年间在位）和马可·奥勒留（公元161—180年间在位）等罗马皇帝对希腊文化的热爱鼓励了希腊文学在罗马保护下走向复兴，因为执政阶层的罗马人渴望与

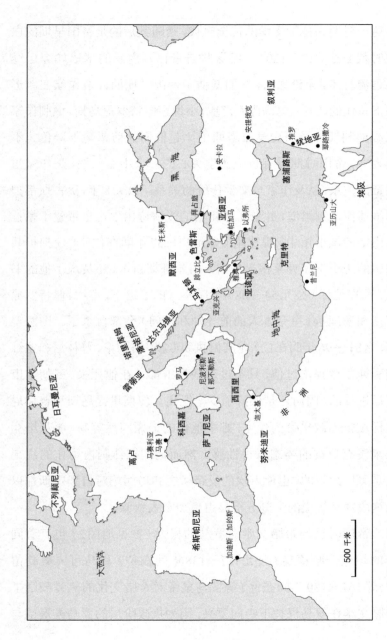

地图 2　奥古斯都时期的罗马帝国

声名远扬的希腊文化扯上关系，有学问的希腊人当然愿意作为中间人成全他们。流传至今的大部分帝国时期的希腊文学都带着一种做作的古典风格，也难免把希腊自治时期的美好旧时光过于浪漫化，但最优秀的作家们还是突破了这种乏味的怀旧，对罗马的权力和拉丁文学做出了更有创造力的回应。拿普鲁塔克的《希腊罗马名人传》来说，他把希腊名人与罗马名人成对匹配，指出他们在德行和罪行两方面的相似之处（亚历山大大帝与尤利乌斯·凯撒，德摩斯梯尼与西塞罗，等等），打破了双方的文化成见，提醒罗马人，希腊人中也有伟大的武士和政治家，而不只有颓废的美学家；同时也向希腊人证明，罗马人也发展出了高度文明的文化生活，而不仅仅是穷兵黩武的庸人。

古典时代晚期（公元3世纪中期以后）的文学不仅反映了罗马帝国在与日俱增的边境压力之下四分五裂的境况，还反映了基督教成为帝国国教的过程。高品质的古典文学仍在创作中——昆图斯·士麦那和诺努斯的希腊史诗，奥索尼乌斯、克劳狄安和普鲁登修斯的拉丁语诗歌，阿米阿努斯·马塞林（他是希腊人，但用拉丁语写作）的罗马历史——然而基督教地位的上升标志着西方文学传统的一个重要转变。尽管如此，虽然许多牧师对古典（非基督教）文化都充满敌意——例如教宗格里高利一世就曾宣称："同一双唇不会同时发出赞美朱庇特和耶稣基督两人的声音"——但古典文化并不是简单地被基督教彻底取代，而是被基督教广泛吸收，以满足基督教的目的。因此，安波罗修、哲罗姆和奥古斯丁等基督教奠基思想家的作品在很大程度上都得益于他们熟读古典文学。所以说,虽然很多事件都在争夺"古典世界之终结"这一称号——其中最标志性的就是公元410年罗马被西哥特人攻陷,因为那是自公元前390年高卢入侵以来,罗马城第一次被外国侵略者占领——但我们还是应该谨防熟悉的"衰落"模式掩盖其延续性,在古典文本研究中尤其如此,因为古典时代晚期的古典世界在帝国的西半部将自己转变成为拉丁语基督教社会,而在东半部融入了拜占庭。

纵览这1 200年左右的文学史之后,现在是时候更详细地考察古典文学最非凡的一面,也就是它高度发达的文类意识了。显然,文学作品的文类到今天仍然是一个重要因素:我们不仅区别笼统的诗歌、散文和戏剧等文类,也会分出次类(特别是在小说这种如今最流行的文学形式中),例如犯罪小说、爱情小说、历史小说等。对其他创作媒介也会做同样的细分,例如把电影分为惊悚片、恐怖片、西部片等。然而古典作家对于他们正在创作的文类有着什么样的形式和规范,可以说比今天的类型小说作家更加清楚。一切古代文学文本都是某一文类的作品,即便它们也跟其他文类交互融合——举例而言,"悲剧历史"就是以悲剧风格撰写的历史。有些现代理论家大概会辩称每个文本都属于一个文类,不属于任何文类的文本是不存在的:因此即便有些作家试图突破传统,写出最古怪的东西,他们仍然会被归类为"实验"文学。若论古典文学的影响,意义最为深远的当属主要文类及其规范的发明。因此,这本通识读本也主要按照文类来组织内容,以反映它的重要性。

但何为文类？首先要注意，文类**不是**一个永恒不变的柏拉图式形式，而是一组共有某些相似性——可以是形式、表演场合或题材——的文本，随着时间的流逝，这些文本呈现出这些相似性的连续发展。例如，构成古代悲剧这一文类的所有文本共有某些"家族相似性"（他们都是用某一种特定的诗化语言撰写的戏剧文本，都思考人类的困境，都显示神与人的互动，等等），我们因而能够把它们看作一个可识别的群组。然而虽说任何一个文类都有其特定的"核心"特征，但每一个文类的边界都是流动的，为了实现文学效果，这些边界往往会被打破。

在现代文学和电影中仍然能够看到，每一个文类（类型）都会有某些固有的规则、价值观和预期。它创造自己的世界，帮助作者与受众沟通，因为作者会利用或打破一般的预期，从而创造出各种不同的效果。文类之所以吸引作者，是因为它们提供了一种结构或者可以架构于其上的基础，同时又提供给读者以熟悉的优越感和偏离常规的巧妙享受。最好的作家从传统形式中汲取自己所需的养分，然后创新，在该文类中留下自己的印记，为未来的作家和读者改革文类。换句话说，只要作者不缺乏想象力和创造力，文类就是活力和创造力的源泉，而不是束缚的枷锁。

所有的古代作家都了解他们所选择的文类中谁是顶尖的人物，他们的目标是要媲美和超越那些前辈。在这一与过往文学互动的过程中，两个关键的古代术语分别是 *imitatio*（"模仿"）和 *aemulatio*（"竞争"）。"模仿"不是指盲目的抄袭，而是充满创造力地改写传统；如今的创意写作仍然包括重写过去的文学作品，因为作家通常也都是热情的读者。当然，与过去的伟大作家竞争是一项冒险的事业——正如贺拉斯所说，"无论谁渴望与品达媲美，/都是用伊卡洛斯①黏蜡的翅膀/努力飞翔"（《颂诗集》第四部第二首，第1—4行）②——然而古代最优秀作家的杰出特点，正是他们根据当下的情形对昔日的伟大作品做出了回应。

古典文学的特点是对文类分出高低，高端是"阳春白雪"的史诗、悲剧和历史等形式，低端是"下里巴人"的喜剧、讽刺作品、哑剧和诙谐短诗。"阳春白雪"还是"下里巴人"取决于题材是否严肃、语言是否高尚、语气是否庄重等。在这个等级中处于较低端的许多文类善辩地通过反对某个高端形式来定义自己：因而比方说，喜剧作家会嘲笑悲剧，称它不切实际又夸夸其谈，为的是明确肯定自己作品的价值，而讽刺作品嘲笑史诗和哲学（及其他文类）企图为生活提供有意义的指导。最后值得注意的是，有些文类延续的时间比其他文类更长：罗马爱情哀歌只繁荣了半个世纪（见第三章），而史诗始终存在，也始终都在变化（第二章）。总而言之，在考察某一部古代文学文本时，只有考虑到它处在该文类发展演化的哪一个阶段，以及它如何发扬了它所继承的传统并对其加以变革，才能够正确地理解这部文本。

在结束这一绪论章节之前，来考察一下现有的古典文本情状如何吧。绝大多数（至少90%）的古典文学都已佚失；因此，打

---

① 伊卡洛斯是希腊神话中代达罗斯的儿子，在与代达罗斯一起使用蜡造的翅膀逃离克里特岛时，因飞得太高，双翼遭太阳熔化而跌落水中丧生。

② 译文引自李永毅译注，《贺拉斯诗全集：拉中对照详注本（上）》，中国青年出版社2017年版，总第2462页。

个比方，公元前 5 世纪，雅典的主要年度戏剧节上创作的（至少）900 部悲剧中，完整地保存下来的只有 31 部，也就是说在古代雅典的这个最有声望也最受欢迎的文类中，保存下来的文本仅占 3%。有些损失要比其他的更加严重：金嘴狄翁那些关于鹦鹉和蚊子的颂歌未能幸存下来，并不会令多少人辗转难眠。而文本遗存之无常相当残酷：我们只有索福克勒斯的 7 部悲剧（他总共写了逾 120 部戏剧），却有公元 4 世纪的希腊修辞学家里巴尼乌斯的 1 600 多封信函，证明（如果这还需要证明的话）宇宙充满偶然，生活无关公平。

古代文本，无论是完整的还是片段，要么是以连贯而未中断的抄本形式（一种手稿传统）流传下来，要么写在古代莎草纸上，近年来被挖掘出土。和 15 世纪印刷机发明之前的所有文本一样，古典文本都是由熟练的抄写员（通常是奴隶）手抄的。他们尽可能精准地誊抄"原文"，但在反复抄写的过程中，错误必然会进入文本，特别是因为古代文本没有断词，也几乎没有标点符号，要比现代文本（尤其是印刷文本）难读得多。古典学者的任务之一，就是要找出这些错误并消除它们。

因此，古典文学流传至今，就是一个长期循序渐进的挑选和缩小范围的故事，在此过程中，被阅读和重新誊抄的文本越来越少。影响这一过程的因素有很多，有些是有意为之，有些是偶然因素。前者中最重要的有：选用为学校课本（举例而言，如果一个文本被认为文字过难或者过于粗俗，就会有麻烦）；对文选或"精彩段落"文集（像现代的"引用语辞典"）的依赖，会导致完整作品的消失；学术"正典"——每个文类中的"最优秀"作家名单，如"九大抒情诗人"或"三大悲剧作家"——的影响，也同样影响了学校里文本的选用；最后也是最不可捉摸的，是公众的审美和品质观念的影响，因为正如贺拉斯所说，"唯独诗人若只能达到平庸，无论天、人或柱石都不能容忍"（《诗艺》，第372—373行）①。其他因素与所涉文学的性质无关：蠹书的虫子、霉菌，还有图书馆被付之一炬，当年亚历山大港那座宏伟的图书馆中藏有50万卷莎草纸，全都在公元前48年尤利乌斯·凯撒攻城时化为焦土。

此间还有更多的制约因素，例如文本的物理形状的改变，从莎草纸卷变成更实用的抄本，后一种形式接近于现代书籍。这一转变始于公元1世纪末，到4世纪末基本完成，也就意味着只有那些以新的形式重新誊抄的作品，才会有较大的机会留存下来。抄本形式尤其受到基督徒的偏爱，这就把我们带到了最后一道难关前面，也就是基督教审查和遗漏。不过我们应该注意不要对基督徒太苛责，因为他们确实承认非基督教文本的品质，想出了不少独具匠心的法子把它们变得令人满意：例如用基督教的方式把它们寓言化，像维吉尔的第四部《牧歌》就被解读为耶稣基督诞生的先兆（见第七章）。何况还是中世纪所有信奉基督教国家的修道院和天主教堂图书馆，以及这个时期的伊斯兰教哲学家和学

---

① 译文引自罗念生、杨周翰译，《亚里士多德〈诗学〉和贺拉斯〈诗艺〉》，人民文学出版社1962年版，第156页。杨周翰先生为"柱石"加了注释：罗马习惯，新诗都张贴在书店外面的柱子上，此处实指书店、书商。

图1　埃及俄克喜林库斯出土的一张莎草纸片,1897年发现,2005年首次出版。该文本是由公元前7世纪的诗人阿尔基洛科斯创作的,叙述了希腊人首次攻打特洛伊的战争,因为他们错误地攻打另一个城邦并被其国王忒勒福斯打败,希腊人以惨败告终

者，为我们保存了那些文本本身，直到它们在文艺复兴时期被重新发现，并点燃了文艺复兴的火花。

所幸，有些历史的偶然倒令人喜出望外，仍有古典文本不断被发现和出版，它们多半以莎草纸片的形式在埃及大大小小的垃圾堆里保存下来：因此过去几年，两位最伟大的希腊抒情诗人萨福和阿尔基洛科斯那些从前无人知晓的作品得以出版问世（首版分别出版于2004年和2005年：见图1）。多光谱成像等新技术的出现，使我们有可能阅读那些从前无法辨认的文本，例如写在烧焦的莎草纸卷上的文本，那些莎草纸因为公元79年维苏威火山爆发而被碳化了。这类新发现和新方法仍在改变着我们对古典文学的看法。

第二章

史　诗

　　在所有的古代文学形式中，史诗不仅声誉最高，也最有可塑性，历史最悠久。古典世界战乱频发，无论是对立的希腊城邦之间，还是罗马与那些胆敢抵制她扩张势力的国家之间，连年兵戎相见：罗马的雅努斯①之门只有在完全和平的时候才会关闭。公元前29年，凯撒的继承人（未来的奥古斯都）两百年来第一次关闭了拱门，在长达七个世纪的整个罗马史上，这也不过是第三次。在战火纷飞的社会，赞美并探讨军事英雄主义、忠诚和阳刚气质等概念的文类当然始终有着独特的现实意义或持久美誉。

　　荷马的《伊利亚特》和《奥德赛》无论在叙事技巧和人物塑造上，还是在语言的应用和天马行空的奇思妙想方面，都是古典文学的上乘之作。它们从希腊暗淡的"黑暗时期"（迈锡尼文化衰落之后，公元前1200—前776年这段时期）脱颖而出，宛若奇迹，对后来希腊-罗马文化的影响无可匹敌。在古代版的《荒岛唱片》②中，

———————

　　①　罗马神话中的门神，双面神，被描绘为有前后两副面孔。罗马士兵出征时，都要从象征雅努斯的拱门下穿过，后来欧洲各国的凯旋门的形式均起源于这一传统。

　　②　英国广播公司播出的一档经典音乐聊天节目，1942年1月29日首播。节目每次请来一位嘉宾，谈论的话题是：送你到一个无人的荒岛上，你只能带八张唱片，一本《圣经》和一本莎士比亚著作以外的书，一件没有实际用途的奢侈品，你会带什么，为什么？

提前被放入行李的会是荷马的史诗，那是古典世界的皇皇巨著，相当于后来的《圣经》和莎士比亚作品。西方文学的起源似乎是一个双重悖论：荷马的作品是最早的，也是最优秀的；而荷马本人堪称有史以来最伟大的诗人，我们却对他一无所知。不过好在这两个都不是什么严重的问题：《伊利亚特》和《奥德赛》或许是现存最早的希腊文学作品，但事实上它们是已经延续了好几个世纪的口头史诗传统的巅峰之作，而对荷马其人的无知并不影响我们欣赏他的诗作。

　　和几乎所有的古典史诗一样，荷马所写的特洛伊战争和奥德修斯重返伊萨卡岛的故事也发生在一个众神与英雄的神话世界里。希腊史诗传统及所记述的特洛伊城陷落大概有其历史内核，让人联想到公元前12世纪初希腊攻打西北小亚细亚（如今的土耳其），然而当历史变成英雄诗，它必然会变成一种虚构。到公元前8世纪末荷马生活的时代，早有数代吟游诗人为适应各自的时代和观众的需要，把特洛伊战争的故事改编得面目全非了。原本为复杂的军事和政治原因而起的冲突变成了一场为女人（特洛伊的海伦）而战的战争，诗化的夸张也留下了印记：十年征战，一个由1186艘希腊舰船组成的大型舰队，诸如此类。最值得关注的是荷马诗歌中对逝去的英雄时代的怀念，那变成了史诗传统的一个主旋律，从诗中描写荷马式武士比今人更加孔武有力的句子就可见一斑："我们当代人／只有华年壮士才勉强能用双手／把那块石头抱起。"（《伊利亚特》第十二卷，第381—383行）[1]

---

　　① 译文引自罗念生译，《伊利亚特》（《罗念生全集》第五卷），上海人民出版社2004年版，第306页。

要了解荷马的文学成就，首先必须考察一下他所继承的口头史诗传统。荷马的诗歌是为现场表演而作的，即便他识文断字（对此我们并无十分把握），他也是从其他从事表演的吟游诗人那里学到史诗这项技艺的。其后很多年，他不断完善自己的诗歌，通常每次只表演很短的片段而非整部作品（要演完整部《伊利亚特》，大概需要26个小时）。和其他云游四方的艺术家一样，荷马也急于招徕更多的观众，因而很注意为自己的技艺做宣传：《奥德赛》里的吟游诗人菲弥俄斯声称，这种技艺既是苦练所得，也得益于神赐的灵感："我自学歌吟技能，神明把各种歌曲/灌输进我的心田。"（第二十二卷，第347—348行）[1]而两部史诗的核心英雄阿基琉斯和奥德修斯都被比作史诗诗人，奥德修斯为长弓上弦也被类比为吟游诗人给竖琴调弦（《奥德赛》第二十一卷，第406—411行），亦绝非巧合。

《伊利亚特》虽然体量巨大（近16 000行诗），却只涉及特洛伊战争的一小段，重点只有交战第十年，也就是最后一年的短短四天时间。正如亚里士多德所说（《诗学》第二十三章），荷马避免了某些后代史诗诗人所犯的错误，他们试图从头到尾记述所选神话的每一场事件，最终把史诗变成了一连串乏味的事件经过（"事件a发生了，紧接着是事件b，然后……"）。相反，荷马从特洛伊陷落的故事中选取了一个单独完整的情节（阿基琉斯的愤怒）并就此展开，运用倒序和伏笔的方法，使他的叙事涵盖整个战争，从海伦

---

① 译文引自王焕生译，《荷马史诗·奥德赛》，人民文学出版社1997年版，第416页。

最初被特洛伊王子帕里斯劫持（希腊出征的原因）一直到特洛伊被毁，城中幸存者悉数被掳为奴。如此巧妙地运用时间（过去、现在、未来）是《伊利亚特》精细复杂构思的最佳典范之一。

我们把荷马史诗中的主要人物称为英雄，但有必要弄清楚"英雄"在这一语境中的含义。"英雄"一词会让我们想起某个做出毫不含糊的正面表率之人：比方说冲进一幢失火的大楼去救人的消防员。然而在古希腊文化中，"英雄"——神和人结合孕育的后代，并非单纯的正面人物，而多具有过激的特征，无论好坏。英雄能够做出超乎常人的行为，有着令人钦佩的非凡技能。但他们的英武之气是一把双刃剑，因为它也可能会激发不尽如人意的品质：震怒、暴力、残酷、傲慢、鲁莽和自负。因此，英雄主义本身就有一种内在的矛盾：英雄拥有的能量既让他们非同寻常，也会带来动荡和危险（对英雄本人和他人而言都是如此）。《伊利亚特》和《奥德赛》都是成熟的史诗作品，不仅赞美那个不畏艰险的英雄世界，也探索了英雄主义本身的复杂性。

《伊利亚特》的核心情节是阿基琉斯因为希腊同胞没有对他表示敬意而愤怒，随后退出了战斗。眼看着希腊人万分焦急，他仍拒绝战斗，于是他的朋友帕特罗克洛斯代他出战，却死于特洛伊领袖赫克托尔之手。阿基琉斯悲痛万分，最终被复仇的渴望驱使着重返战场。但他表现出了灭绝人性的暴怒，因为他不仅杀了赫克托尔，还毁坏他的尸体，把尸体拖在自己的马车后面飞奔。这是极不道德的行为，因为它违犯了保护死尸的一个基本禁忌，也威胁到赫克托尔入土为安的基本人权。多亏诸神的干预阿基琉斯才结束了他那可耻的行为,在他们的关心下,阿基琉斯见到赫克托尔的父亲普里阿摩斯,最终归还了赫克托尔的尸体。正是在这次与敌人的见面中,阿基琉斯总算恢复了同情和尊重的态度,《伊利亚特》认为,这些都是正人君子的必要品质。普里阿摩斯以阿基琉斯的父亲裴琉斯的名义恳求阿基琉斯,当阿基琉斯仿佛在这位特洛伊国王的脸上看到自己父亲的悲伤和痛苦时,两人一同哭泣起来:

> 两人都在怀念亲人,普里阿摩斯
>
> 在阿基琉斯脚前哭他的杀敌的赫克托尔,
>
> 阿基琉斯则哭他父亲,一会儿又哭
>
> 帕特罗克洛斯,他们的哭声响彻房屋。
>
> (《伊利亚特》第二十四卷,第509—512行)①

阿基琉斯给予普里阿摩斯和赫克托尔以应有的尊重,才算摆脱了自己毁灭性的偏执和悲痛,并认识到了他人的人性。

众神对于凡人的关注以及他们不断干涉人间事务是荷马史诗最值得关注的方面之一。然而荷马笔下的诸神并不仅仅是文学人物:他们表达了一种连贯的神学。古希腊没有国教,也没有经书为宗教信仰提供指导,诗人们便扮演了影响宗教观念的重要角色,荷马在这方面无人能及,他是一切教育的基础——包括希腊人对自己的诸神的观念。但要理解希腊宗教,就必须摒弃不当

---

① 译文引自罗念生译,《伊利亚特》(《罗念生全集》第五卷),上海人民出版社2004年版,第517页。

的（特别是基督教）神学观念，后者认为神本质上必是善良和仁慈的。因为虽然希腊（和罗马）的诸神的确关心人类，但他们绝非无私，他们对荣誉的看重一点儿也不亚于英雄。如果神的荣誉受损，就像特洛伊王子帕里斯把阿芙洛狄忒选为最美丽的女神而得罪了赫拉和雅典娜（《伊利亚特》第二十四卷，第25—30行），她们为了复仇，一点儿也不比震怒的英雄仁慈半分，这时她们超乎凡人的神力就意味着她们的复仇会更加恐怖。于是赫拉与丈夫主神宙斯做了一笔冷酷的交易，只要特洛伊被捣毁，她愿献出她最钟爱的三个城邦（阿尔戈斯、斯巴达和迈锡尼）（第四卷，第50—54行），并且毫不掩饰自己对特洛伊人的憎恨："我却不能让仇敌特洛伊人遭受不幸？"（第十八卷，第367行）[1]

　　凡人与神之间横亘着巨大的鸿沟：诸神享有永恒的生命，而凡人终将湮没在冥府。这一基本差异，即凡人必死，通过特洛伊人的同盟格劳克斯的一个比喻得到了有力的表达：

> 正如树叶的枯荣，人类的世代也如此。
> 秋风将树叶吹落在地上，春天来临，
> 林中又会萌发，长出新的绿叶。
> 人类也是一代出生，一代凋零。
>
> 　　　　　　（《伊利亚特》第六卷，第146—149行）[2]

---

① 译文引自罗念生译，《伊利亚特》（《罗念生全集》第五卷），上海人民出版社2004年版，第474页。

② 同上书，第149页。

然而悖论就在于，英雄必死本身却让他们拥有了诸神所缺少的一种肃穆的悲剧力量。由于诸神"必然永世安康，长生不老"，他们不会面对生死攸关的危险。换句话说，诸神的力量和不朽身躯就意味着他们无法以人类的孤注一掷来表现自己的勇气和耐力，因而反比人类略逊一筹。正如一位古代评论家所说："荷马竭力为《伊利亚特》中的人赋予神性，却又把神写成了人。"（"朗吉努斯"，《论崇高》9.7）

《伊利亚特》描述了战场上的压力，而《奥德赛》却通过奥德修斯这个人物探索了一种全然不同的英雄主义，这位"足智多谋的壮汉"不得不动用自己的智慧和计谋，克服返乡归家途中的诸多障碍。这样看来，《奥德赛》就是一部英雄流浪和返乡的故事，全世界许多文化中都有这样的故事。在这一故事模型中，英雄一般滞留在外，家人因他远离故土而备受苦难和煎熬，然而这位英雄最终克服重重障碍，救回了自己的妻子和家人。于是，在《奥德赛》的开头，特洛伊战争已经结束了十年，但奥德修斯还没有归家，他的家中一片混乱：一百多个骚乱又傲慢的求婚者争相要娶奥德修斯的妻子佩涅洛佩为妻，他的幼子特勒马科斯想要制止他们，却无能为力。

该诗的前半部分写到了奥德修斯自特洛伊陷落之后的冒险，我们看到他在返回伊萨卡的路上屡屡遇险：例如在食莲人的地盘上，美味的忘忧果让吞食者忘记了家乡的一切；在独眼巨人波吕斐摩斯的洞穴里，巨人杀死并吃掉了奥德修斯的许多船员；还有在魔女基尔克的岛上，魔女把奥德修斯的手下变成了猪，还把英雄留在岛上做她的情人长达一年之久。下半部分写到了奥德修斯在伊萨卡化装成一个乞丐，奋力夺回自己的家室和恢复英雄身份的过程。他和儿子特勒马科斯杀死了追求者，分别二十年后，奥德修斯与佩涅洛佩终于团聚了。

因此，《伊利亚特》描述了整个社会（特洛伊王国）被彻底摧毁的悲剧故事，而《奥德赛》则更为浪漫和乐观，讲的是英雄重返社会，让它恢复稳定。但尽管《奥德赛》的场景更偏向家庭，它仍然涉及了贯穿《伊利亚特》全书的荣誉和复仇等概念，因为求婚者们无耻的行为绝不能逃过惩罚。求婚者们屡次受到警告却置若罔闻，继续肆无忌惮地享用奥德修斯家人的款待，甚至还计划谋杀特勒马科斯。有些现代评论家认为将他们悉数杀死的做法难免过分，但这样做完全符合古代希腊社会的伦理道德，即惩罚虽然无情，却是意料之中的（求婚者们非常清楚自己多么无法无天），因而合情合理。

当然，奥德修斯完成使命的最终目标，即叙事高潮，是与妻子佩涅洛佩团聚。全诗非常清楚地表明，佩涅洛佩不但美若天仙（只要她来到宴会厅，出现在求婚者们面前，他们就为之发狂），也聪颖过人。的确，她证明了自己的智慧绝不在奥德修斯之下，甚至比足智多谋的奥德修斯还略胜一筹。因为当他满身沾着求婚者们的鲜血站在她面前时，她拒绝相信此人就是她的丈夫。不过她知道他们的婚床是奥德修斯在房屋初建之时用橄榄树的树干制成的，因而坚固难移，就命人把床挪开，这刺激了愤怒的奥德修斯，使他讲起了制作婚床的故事（这是只有他和佩涅洛佩两人知晓的秘密），这才让妻子相信了他的身份。佩涅洛佩的小把戏表明她的冰雪聪明和伶牙俐齿都可与丈夫媲美，因而证明了他们为夫妻团圆而历尽艰险都是值得的。

在荷马之后过了好几个世纪，才出现了另一部完整保留下来的史诗的作者，即罗德岛的阿波罗尼俄斯，他的《阿尔戈英雄纪》创作于公元前270—前245年前后。在这四卷书中，阿波罗尼俄斯叙述了阿尔戈英雄探寻金羊毛的故事，金羊毛来自一只神奇的公羊，由一条不眠不休的毒龙看守。伊阿宋带人乘船从希腊的伊俄尔科斯到达黑海最东端的科尔基斯国（如今的格鲁吉亚）国王埃厄忒斯的宫殿，在那里，伊阿宋和国王的女儿美狄亚坠入爱河，美狄亚盗取金羊毛，和伊阿宋一起逃回了希腊。这是一个古老的神话：荷马也曾在奥德修斯的冒险故事中用伊阿宋的冒险作为原型，阿波罗尼俄斯又对荷马史诗进行了再加工，用希腊化时期"亚历山大里亚派"（见第一章）典型的博学和文雅的文风创作了一部史诗。

亚历山大里亚派诗人们认为，荷马的拙劣继承者们创作的史诗陈腐、臃肿又重复，就通过新的方式发展了这一文类，强调篇幅短小、精巧微妙和引经据典。反对缺乏创意的风格往往是文学变革的驱动力（例如，可参照浪漫主义对新古典主义"规则"的排斥），阿波罗尼俄斯的史诗以高度成熟的风格实现了该文类的彻底革新。诗人骄傲地展示自己的博学，把科学、地理和历史研究的新发现写入自己的英雄故事：阿芙洛狄忒拥有一个宇宙球，那是阿波罗尼俄斯的时代天文学的最新成就（第三卷，第131—141

行）；阿尔戈英雄们在返回希腊的途中经过了多瑙河、波河和罗纳河，甚至还必须带着自己的船只穿越利比亚沙漠；全诗贯穿着各种故事，解释当时的仪轨礼节、地名和纪念物的起源。埃及的托勒密王朝何以任命阿波罗尼俄斯担任威望很高的图书馆馆长和皇室导师，就不难理解了。

　　荷马笔下的奥德修斯是人人皆知的"足智多谋"之人，但《阿尔戈英雄纪》中的叙述者却把伊阿宋描写成一个"缺乏智谋"或"茫然无措"的人，他面对使命常常显得力不从心。如此一来，阿波罗尼俄斯笔下的伊阿宋就被贬成次一等的英雄，乏味无趣，但这样理解却有些不得要领：阿波罗尼俄斯知道他的读者熟悉伊阿宋和美狄亚那个广为人知的神话故事，其中伊阿宋最终会为了另一个女人而背叛自己的妻子，美狄亚为了报复，杀死了她和伊阿宋的两个孩子，因此在阿波罗尼俄斯笔下，伊阿宋对美狄亚帮助的依赖就让他们的爱情故事有了一种悲剧的反讽。人们公认全书的高潮在第三卷，年轻善感的美狄亚一下子爱上了眼前这位英俊的陌生人。阿波罗尼俄斯从内到外描述她的爱情，对她的心理和生理欲望的描写反映了希腊化时期最新的医学理论：美狄亚的痛苦灼烧着她，"一股暗火在炙烤，极度地灼痛了她那/脆弱的神经与头颅下方的筋腱——/悲痛对那里的刺激最为强烈"（第三卷，第762—764行）①。事实证明，阿波罗尼俄斯笔下这位苦恋且脆弱的女主人公为史诗这一文类做出了极为重要的贡献，特别是

---

① 　译文引自罗逍然译笺，《阿尔戈英雄纪》，华夏出版社2011年版，第124页。

影响了维吉尔笔下的狄多。

李维乌斯·安德罗尼库斯版本的《奥德赛》创作于公元前3世纪中期，我们对它以前的拉丁语史诗一无所知。虽然我们有十分的把握认为，关于意大利人伟大的祖先和昔日英雄的歌谣已经传唱了数个世代，但它们无一流传下来，而且到李维乌斯的时代，拉丁语史诗这个文类已经被彻底希腊化了。然而同样，李维乌斯的作品虽然是对荷马的逐字翻译，却也全然是罗马人的创作，借用希腊神话来表达罗马人的价值观：正因为如此，比方说，说英雄"如神一般"这一标准荷马式写法就不符合罗马人的宗教情感，因此李维乌斯把它替换为"最伟大的第一流人物"。那以后不久，奈维乌斯就用罗马本土的主题写下了第一部拉丁语史诗：他的《布匿战纪》不仅反映了他本人作为士兵与迦太基人战斗的经历，也开创了罗马人对历史史诗的偏爱（相比于希腊人），或至少是类历史史诗，而不是以传说中的过去为背景的故事。

要颂扬罗马在这一时期异乎寻常的军事功勋和扩张，史诗乃是最完美的体裁。因此，维吉尔之前最重要的拉丁语史诗——恩尼乌斯的《编年纪》，就涵盖了罗马的整个历史，从特洛伊陷落之后埃涅阿斯到达意大利，一直写到恩尼乌斯本人在公元前169年去世之前。到他去世之时，罗马已经称霸地中海世界了。恩尼乌斯开篇即大胆地讲述了一个梦境，梦中荷马的鬼魂出现在他面前，透露他已经（为图近便）附身于恩尼乌斯了。但这位志向远大的罗马荷马也读过亚历山大里亚派希腊语诗人的作品，并向他们的博学广识看齐，自称"*dicti studiosus*"，就是拉丁语的"文学学者"。恩尼乌斯对罗马崛起的记述使得他的史诗成为罗马价值观的体现，罗马的黩武精英阶层自幼便熟记他精练的格言，如"罗马共和国依靠礼仪和长者方能巍然挺立"，用拉丁语写下的这句话（*moribus antiquis res stat Romana virisque*）前四个词的首字母拼出来就是MARS，即战神。恩尼乌斯的诗旋即成为经典，是好几代罗马人在学校里学习的课文，直到后来被维吉尔的《埃涅阿斯纪》取代。

维吉尔的史诗讲述了特洛伊英雄埃涅阿斯行至意大利，克服重重困难，在那里建造新家园的故事，那就是罗马的起源。因此这是一个建国故事，就像美国清教徒国父们的故事一样。在意大利，埃涅阿斯的传说可以追溯到公元前6世纪，但随着罗马势力的扩张，它变成了罗马历史和民族身份的一个基本元素，维吉尔与他之前的奈维乌斯和恩尼乌斯一样，重写了这个神话，表达了他自己时代的焦虑和希望（见图2）。维吉尔在公元前1世纪20年代写作该史诗时，边写边诵读自己的作品，它的品质立即得到了认可和赞赏：例如，与他同时代的诗人普罗佩提乌斯就宣称，"一部比《伊利亚特》更伟大的作品正在孕育诞生"（2.34.66）。的确，维吉尔的史诗不久就在罗马文学和文化中获得了极高的地位和威望，堪比荷马之于希腊人的声望，因此维吉尔之后，几乎每一位古代作家（无论是诗人还是散文作家，非基督徒还是基督徒）都在某一时刻与《埃涅阿斯纪》有过文学创作上的对话。

在该史诗的前半部分（第一卷到第六卷），我们看到特洛伊船队在驶向意大利的途中被一场风暴吹到了北非的迦太基，在那

图2　公元前1世纪末，布维利（位于罗马东南约12英里处）附近的一块大理石碑的微型复制品，上面描绘了特洛伊的陷落和埃涅阿斯出发"西行"去寻找新家园。这块石碑的雕工极为精细，它残存的部分（大概11平方英寸）上雕刻了大约250个人物，刻画了《伊利亚特》和其他希腊史诗中有关特洛伊被毁的场景

里，埃涅阿斯对女王狄多讲述了特洛伊城的陷落，以及他的子民在其后多年四处漂泊寻找新家园的故事。狄多和埃涅阿斯坠入爱河，英雄忘记了自己的使命，朱庇特不得不派墨丘利前来提醒他。但当埃涅阿斯离开时，狄多自杀了，临死时对埃涅阿斯和他的子孙发出了诅咒。埃涅阿斯于是前往冥府，见到了他的父亲安奇塞斯的鬼魂，后者向他透露了罗马未来的光荣前景。第二部分（第七卷到第十二卷）描写了英雄在意大利本土的战斗。埃涅阿

斯受到拉丁族（意大利诸部落之一）国王拉提努斯的热情接待，国王接待了他派来的和平使团，并主动提出把自己的女儿拉维尼亚嫁给埃涅阿斯。但其他人，包括拉维尼亚的母亲阿玛塔，则憎恶这些特洛伊移民，战争不久就爆发了。埃涅阿斯前去拜访厄凡德尔，后者的城池就位于未来的罗马，厄凡德尔把幼子帕拉斯托付给埃涅阿斯，让他带着这位初出茅庐的武士参加即将爆发的战争。然而敌对的意大利部落首领图尔努斯却杀死了帕拉斯，致使埃涅阿斯发狂般地使用暴力。当埃涅阿斯和图尔努斯最终面对面单打独斗时，埃涅阿斯战胜了后者。听到图尔努斯乞求饶命，埃涅阿斯正要放了他之际，忽然看到帕拉斯挂剑的腰带，那是图尔努斯从年轻人的尸体上摘下来的。刹那间，爱、悔恨和愤怒的情感一同涌来，埃涅阿斯杀死了图尔努斯。

早期的罗马史诗逐个记载了罗马历史上发生的大事件，直到作者本人的时代，但维吉尔却遵循荷马的先例，创造了一种更为复杂和有趣的叙事，背景虽然是传说中的过去，却也展望罗马历史的未来。虽然罗马本身是在埃涅阿斯的时代很久以后由罗慕路斯和雷穆斯建立的，但整部《埃涅阿斯纪》充满了对罗马建筑、仪式和风俗的预言，特别是在埃涅阿斯游览未来罗马的胜迹之时（第八卷），在那里，我们听说了罗马的广场、塔尔皮亚岩、卡匹托尔山，如此等等。

正如荷马既写到了战争的荣耀，也写到了饱受其苦的受害者，维吉尔也成功地创造了一部史诗，既赞美罗马和罗马人的权力，同时也直面它的历史，特别是近代的连年内战留下的创伤。

朱庇特承诺未来的罗马人,也就是意大利人和特洛伊人通婚融合后创造的民族,会有一个"远界寰宇之涯的帝国"(第一卷,第279行),安奇塞斯还解释了这个帝国应如何治理:

> 但是,罗马人,你记住,你应当用你的权威
>
> 统治万国,这将是你的专长:
>
> 你应当确立和平的秩序,
>
> 对臣服的人要宽大,对傲慢的人,通过战争征服他们。
>
> (《埃涅阿斯纪》第六卷,第851—853行)①

然而这样一个公序良俗的愿景并不符合诗中对罗马起源的宏大描述,即未来的罗马人(意大利人和特洛伊人)彼此杀戮,而像狄多这样很有同情心的人物也因为挡住了罗马的道路,而遭到了毁灭。

　　《埃涅阿斯纪》关于罗马史的光荣和灾难两方面的思考就概括在奥古斯都本人出场的段落中。奥古斯都作为尤利乌斯氏族的一员,声称自己是埃涅阿斯之子尤路斯的后代,诗中有好几段赞扬他让罗马重归和平,甚至开启了罗马历史上的第二个黄金时代——安奇塞斯在冥府向埃涅阿斯展望未来的罗马英雄人物时如是说。奥古斯都在内战中获胜的确为饱受战争蹂躏的罗马带来了和平(当然是满足他的条件的和平),我们没有理由怀疑《埃

---

① 译文引自杨周翰译,《埃涅阿斯纪》,译林出版社1999年版,第170页。

涅阿斯纪》中为此成就对他表达的感激之情。然而由于该诗对损失和苦难的探讨更引人注目,这使得许多人在讨论其中的政治格局时,最重要的问题仿佛变成了该诗是亲奥古斯都还是反奥古斯都的问题。但这样的视角未免太过狭隘,因为这首诗的主题更多是数代内战造成的混乱和创伤,而不是奥古斯都本人。

全诗最后一幕的骇人场景最能体现这一点,埃涅阿斯怒不可遏,杀死了无力抵抗的图尔努斯。虽然他的父亲建议"对臣服的人要宽大",埃涅阿斯却无法手下留情。和《伊利亚特》一样,《埃涅阿斯纪》全书写至此,一直认定宽大仁慈是令人钦佩的德行。从某个角度来看,埃涅阿斯的愤怒是可以理解乃至合情合理的,因为他急于为被图尔努斯杀死的帕拉斯报仇。但维吉尔用细腻的笔触把最后一场战斗描写成同类相残,这些**自我**毁灭的形象也就使得最后一幕成为罗马内战期间大屠杀的生动体现。因此《埃涅阿斯纪》一方面体现了对未来的希望和对和平的渴望——例如,正如图尔努斯被杀为英雄时代的意大利的战争画上了句号,奥古斯都的胜利大概也能终结当代罗马的流血杀戮——另一方面又非常清醒地知道,正如埃涅阿斯在最后一幕中所表现的那样,暴力随时可能再度爆发。

维吉尔之后的每一位拉丁语史诗作者都必须设法更好地利用维吉尔的文学成就。奥维德应对这一挑战的方法是采用了一个更大的主题(大至整个宇宙历史),并前所未有地探索了史诗这一文类的可塑性,创作了《变形记》这样一部极为多样化的作品,以至于后世将它描述为戏仿史诗甚或反史诗。长达15卷的

《变形记》记录了宇宙的历史，从创世之初直到奥维德自己的年代（奥古斯都在公元8年流放奥维德时，全诗刚刚完成）。但记录的方式非常巧妙，是通过讲述逾250个希腊和罗马的变形神话完成的，从卷一阿波罗追求达芙妮，她为了躲他而变成了一棵月桂树，一直到卷十五中把尤利乌斯·凯撒奉作神圣。维吉尔在自己的史诗中融入了其他很多文类，例如狄多和埃涅阿斯的爱情就混用了爱情诗和悲剧，而奥维德进一步发展了这一手法，创造了一种形式尤其多样混杂的史诗，恰如其分地表现他关于在不同形式之间变化的主题。

性与幽默是特别突出的主旨，因为许多变形都是由欲望激发的，通常是某个神对女人的情欲，突出了男性/天神的残忍无情，而叙事风格中充斥着机智诙谐的语言和文字游戏。奥维德甚至开了《埃涅阿斯纪》的玩笑，仅用四个字就总结了特洛伊的陷落（维吉尔用了整整一卷）："*Troia simul Priamusque cadunt.*"（卷十三，第404行，意为"特洛伊灭亡了，普里阿摩斯也殉国了"[①]）作为以希腊-罗马神话形式写成的世界史，《变形记》就是罗马人改革希腊文化的极佳典范，而作为一部以奥维德高度可视化的想象力重写的神话百科全书，它对后世艺术家和作家的影响甚巨。然而它同时也是最神秘的古代文学文本之一，因为奥维德随处可见的诙谐让人很难分辨他那些关于凯撒和奥古斯都的笑话有多少严肃的成分，他对人类身份（人与神、人与兽有何区别等）的质疑

---

① 译文引自杨周翰译，《变形记》，人民文学出版社2008年版，第273页。

有多深刻。现代人的解读往往追求时髦，处处可见意识形态上的抵制，不过你会觉得，奥维德的鬼魂大概正用托加袍的长袖掩住嘴，窃笑他们的一本正经呢。

与《埃涅阿斯纪》（以及与《变形记》）的对话，是公元1世纪重要拉丁语史诗作品的一个关键特征：卢坎的《内战纪》是尼禄在位时写下的；斯塔提乌斯的《底比斯战纪》、瓦勒里乌斯·弗拉库斯的《阿尔戈船英雄纪》以及西利乌斯·伊塔利库斯的《第二次布匿战争》都创作于弗拉维王朝（韦帕芗和他的两个儿子提图斯和图密善当政）的时代。虽然每一部作品都根据当代罗马世界灵活地表现了自己的历史或神话主题，其中最成功的却是卢坎的史诗，他不仅创造了一种与众不同的风格——巴洛克式修辞、哥特式暴力描写，以及沉迷于超自然和荒诞现象——而且还延续了《埃涅阿斯纪》探索罗马内战之遗产的做法。在该诗开头几行，卢坎描述了自己的主题，凯撒与庞培的冲突摧毁了共和国，因为"战争……比内战更糟，给犯罪披上了合法的外衣"（第一卷，第1—2行）。叙述者借助斗兽场上的暴力和表演，写到"有一对格斗者始终存在于我们中间，一边是自由，一边是凯撒"（第七卷，第695—696行），并说明了自由（*libertas*）最后是如何被消灭的。《埃涅阿斯纪》中关于奥古斯都会创造一个更和平美好的社会那点儿有限的希望破灭了，事实证明，随之而来的帝国体制把卢坎和他的同时代人全都变成了同一个暴君治下的奴隶。卢坎的史诗往往被称为"反《埃涅阿斯纪》"，但这种看法忽略了维吉尔本人对未来的暴力的担忧；尽管如此，《内战纪》仍然果敢地探索了

"疯狂"（*furor*），卢坎认为那是自野心勃勃的军阀在共和国末期崛起以来，罗马历史的主旋律。公元65年，卢坎参与了一场企图让另一位（不那么专制的）皇帝取代尼禄的阴谋，事情败露之后他自杀了，年仅25岁。

在古代读者看来，史诗这一文类是由韵文形式（以六音步扬抑抑格写成的诗歌，这是史诗的独特格律）而不是主题定义的。所以在本章最后，我们来考察一种截然不同的古代史诗形式，即教谕诗，它宣称自己的目的就是教育读者，主题多样，包括务农、狩猎、哲学和科学等。虽然话题各异，但一切教谕诗都有一个共同特点，即教师与学生之间的互动，它建立在诗人与他在诗中的受话者（或"学生"）之间关系的基础上，并进而延伸到了我们这些诗外的读者（或"学生"）。谁也不喜欢被说教，因此诗中的受话者既能让诗人说出自己的训导，又不像是在威逼读者。每个诗人处理这一基本三角关系的方式不尽相同，因此读者通常会被引导着认为自己就是那位受话者，但也有可能把受话者看成应该避免的反面教材。

现存最早的教谕诗《工作与时日》就构建了后一种关系，鼓励读者比诗中的受话者更加积极上进。这首诗由赫西俄德（几乎是荷马的同时代人）写于公元前7世纪初，是一部关于自我提升和诚实劳作的沉思录，赫西俄德在诗中教导他的花花公子兄弟珀耳塞斯当如何过好自己的生活。赫西俄德精心建构出自己和兄弟这两个角色，为全诗关于努力劳作和公正公平的中心主题服务：赫西俄德是一个生硬粗暴、实话实说的农夫——因而他的家乡,位于希腊中部的阿斯克拉"冬季寒冷,夏季酷热,风和日丽之日犹如凤毛麟角"(第640行)——而珀耳塞斯则好吃懒做、入不敷出。

和《圣经》中的失乐园神话一样,赫西俄德关于普罗米修斯违背宙斯的旨意(他因此而遭到的惩罚就是,宙斯创造了世上第一个女人,美丽迷人却满嘴谎言的潘多拉)以及人类的五个时代(黄金、白银、青铜、英雄和黑铁时代——我们就被困在冷硬的黑铁时代里)的神话,也解释了工作的必要性和诚实的重要性。虽然赫西俄德提出了一些关于农耕的实用指导,诸如哪些日子宜做何事、忌行何事之类(因此诗作的题目中才有了"工作"与"时日"),它却不是一部技术手册,而是一部仿照农民历书写成的成熟文学作品,其中不乏历史悠久的格言("人们都会对慷慨者大方,但不会有谁如此对待吝啬者")和讽刺性幽默("你千万不要上当,让淫荡的女人用甜言蜜语蒙骗了你:她们的目光盯着你的粮仓"),从而把希腊人的民间智慧和道德说教呈现得更加有趣生动。

现存最早的拉丁语教谕诗是卢克莱修的《物性论》,这部史诗完成于公元前1世纪50年代,不仅是关于原子论及其各分支(其本身就是罕见的成就)的成功诗作,也是最伟大的拉丁语文学作品之一。卢克莱修解释说,诗歌让他的技术主题更合读者的口味,他还说到要"用缪斯的糖蜜"包裹自己的哲学,就像医生在杯子边缘抹上蜂蜜,诱惑孩子喝下苦药。卢克莱修的使命是说服读者皈依伊壁鸠鲁哲学,也就是由活跃于公元前300年前后的希腊哲学家伊壁鸠鲁提出的关于世界及我们所处位置的包罗万象的理论。这部六卷本的史诗结构精密细致，从微观层面到宏观层面，从原子到原子复合物（第一卷和第二卷），到人类的心灵、灵魂和感官（第三卷和第四卷），再到世界的创造和文明的发展（第五卷和第六卷）。卢克莱修认为，整个宇宙是由原子（数量无限、不可分割的微小物质）和虚空（无极的空白空间）组成的，并继续探讨诸如"偏转"等概念——所谓"偏转"就是一种随机且不可预测的原子运动，解释了我们为什么会有自由意志——以及除了我们自己的世界之外还有很多平行世界的说法，这些观念与现代量子理论倒也并非天差地别。

不过还好，这部诗作的目的不是帮助我们通过物理学考试，而是要让我们免于非理性的恐惧，尤其是对死亡和诸神的恐惧，从而获得幸福，卢克莱修认为这两种恐惧是人类社会最有害的两个方面。为此他提出了30种不同的论调为灵魂必死辩护，声称（我们不该惧怕死亡）既然我们在出生之前和死亡之后都将远离尘世，为我们不会在场经历的东西而恐惧是愚蠢的。和伊壁鸠鲁一样，他论证的**不是**诸神不存在，而是说他们的确存在，但不会关心人类事务，因为这么做无疑搅扰了他们众所周知的"无忧无虑"的生活。卢克莱修控诉的不是诸神，而是人类以神的名义建立的腐败的宗教体系，该体系中的祭司及其神话阻碍我们去探究宇宙的真正本质——科学和宗教之间的这一辩论持续至今。但卢克莱修对同时代的罗马人提出的最大质疑在于，他谴责贪婪、腐败和野心即将把罗马社会拖入一场灾难性的内战。诗人鄙视凯撒和庞培之流富有的政客和军阀：

> 他们利用市民同胞的血水堆金积玉
> 哪管尸横遍野，贪婪地征敛无期。

（第三卷，第70—71行）

卢克莱修对公共生活中的腐败和暴力的回应相当激进：只有退出罗马的疯狂竞争，才能逃离当代社会的物质主义以及现代生活中所谓的"成功"在智力和道德上的贫瘠。真是"万变不离其宗"①。

最后一个教谕诗的例子是维吉尔的《农事诗》（题目 *"Georgics"* 来自希腊语的 *"georgica"*，意思是"与务农有关的事"），吸收了赫西俄德和卢克莱修两人所写的内容。和赫西俄德的《工作与时日》一样，该诗也自称提供关于务农的实用建议并赞扬简朴的农夫生活；和卢克莱修一样，维吉尔也探讨了人类在世界中的位置，特别是我们与自然环境的关系，以及我们当如何在其中得到幸福。维吉尔探讨了农作物与天象（卷一）、树木与藤蔓（卷二）、牲畜（卷三）以及最后的养蜂（卷四），强调了 *labor*（"辛勤劳作"）所附带的道德价值观，特别是它作为一种为了我们的利益而改造充满敌意的自然世界的手段。然而与此同时，用于描述人类驯化自然所使用的武力和胁迫等隐喻，也意在指出人类生活本身所含

---

① 原文为法语：Plus ça change。——编注

暴力的破坏稳定的后果。

《农事诗》写于公元前1世纪30年代末,完成于屋大维(未来的奥古斯都)公元前31年在亚克兴角大胜之后,与《埃涅阿斯纪》的后半部一样,关注内战的混乱动荡,并为建立一个平衡的、更加和平的社会而奋斗。维吉尔强调说,这些冲突既是天灾亦是人祸,因为农村遭到了战争的蹂躏:

> 世上这许多战乱硝烟
>
> 这许多罪孽,无人躬耕
>
> 田园荒芜,农夫远行
>
> 弯曲的镰刀已被铸成冷硬的刀剑。

(第一卷,第505—508行)

和《埃涅阿斯纪》一样,维吉尔在这里也把屋大维看作唯一的希望,是意大利农村乃至整个罗马世界的复兴者,但他同时也意识到这样的希望有多脆弱,因为每一位读者都很清楚,屋大维就是近年流血杀戮的内战的主要参与者,"奥古斯都太平盛世"的稳定安宁仍遥遥无期。

第三章

抒情诗和个人诗

从早期希腊的抒情诗到罗马的爱情哀歌，本章将讨论各种类型的诗歌。这些纷繁多样形式的共同之处在于，它们都立足于说话者（即诗中的"我"）的世界，此人的想法和经历被凸显出来。虽说史诗和悲剧等文类通常关注的都是昔日神话世界，其中诗人的"我"只是偶尔会（例如在史诗中）或根本不会（例如在悲剧中）出现在瞩目位置，但本章的大部分诗歌似乎都源于说话者此时此地的情感和反应。

乍一看去，这类诗歌似乎是我们非常熟悉的。启蒙运动时期强调个人是对社会、政治和艺术起决定作用的因素，这种主张最终的成果就是浪漫主义观念，认为自发的真情实感才是最好、最真的诗歌的基础。华兹华斯在他的《抒情歌谣集》（1802）序言中对诗歌的著名定义，即"一切好诗都是强烈情感的自然流露"，就概括地指出艺术建立在诗人个体对世界的情感反应的基础上，这个观点的影响持续至今。不过，虽说古代抒情诗或个人诗都声称表达了说话者对世界的反应，而且毫无疑问，它也的确汲取了诗人（及观众）对爱情或战争（等等）的个人体验，但古代诗人的目标却不是反思他自己的经历，而是建构一个让观众觉得既可信又扣人心弦的第一人称（*persona*）。

　　换句话说，我们在阅读古代抒情诗或"个人"诗时，需谨防传记谬误。举例而言，上一章讨论过，赫西俄德为了写自己的教谕诗《工作与时日》，创造了抱怨不休的农夫和他的花花公子兄弟这两个角色。在抒情诗或个人诗中，我们会看到同样的过程更大规模地呈现，诗人们采用了五花八门的第一人称，但它们全都适用于诗人所选择的文类（例如阿尔基洛科斯的对骂歌）、表演情景（贵族酒会、公共节日等）以及叙述者的目标（不管是品达在合唱颂歌中赞美获胜的运动员，还是卡图卢斯哀叹情人的不忠）。

　　另一个应该提防的是，因为这些诗歌大部分是（或者声称是）"个人化"的，我们就会误以为它们没有那么传统，或者不那么关注与早期文学作品的互动了。这同样是一种现代观念：比方说，哲学家伊曼努尔·康德就声称"在一切艺术门类中，诗歌是最高品级的。它几乎完全出自天才，极少受到规范或典范的指导"（《判断力批判》），表达了诗歌是纯粹的个人表达，不受文学规范和传统影响的观念；但古代诗人，不管是抒情诗人还是其他诗人，则恰好相反，他们对自己所写的文类及其历史始终有所关注。

　　先来看看古希腊抒情诗。这里的"抒情"一词是个笼统的词汇，因为它囊括了除史诗和戏剧之外的一切希腊早期诗歌，因而也就涵盖了各种各样的诗歌形式，展现出千变万化的人物角色。传统上把这些作品细分成更小的文类——短长格讽刺诗、哀歌以及抒情诗本身①，包括独唱诗和合唱诗（见下文）——但这不应该掩盖一个事实，即诗人可以自由地使用他或她认为合适的任何形式来创作：于是阿尔基洛科斯既写短长格讽刺诗也写哀歌，而萨福既写独唱诗（例如关于爱情的个人诗）也写合唱作品（例如婚曲）。所以说这些类别都是人工添加的，可能会掩盖不同形式之间的延续性，它们本身也是基于不同的特征——"抒情诗"基于歌曲概念，哀歌基于格律，短长格讽刺诗基于主题——但它们仍然能够帮助我们大致了解早期希腊的"歌曲文化"。

这些不同形式诗歌的主要表演场所是酒会和公共节日。酒会是上层阶级的饮酒聚会，精英阶层的男性可以在其间听到诗人吟诵，或者自己表演。他们会选出一位"中心人物"或"酒会主事者"，由他来决定酒的烈性（也就是加多少水），并负责确保酒会不致沦为耍酒疯的胡闹场面。女人也在场，但她们不是谁的妻子，奴隶和妓女们或许会提供音乐伴奏或其他服务——幸存至今的酒缸和酒杯上就生动地（色情地）描绘了后一种场景。与之相反，民间节日是公共节庆，整个社群不但会聚在一起享受动物献祭（在古代可不是每天都吃得上肉，因而吃肉是一大乐事），也会欣赏竞技、音乐和诗歌比赛。

现在来看看抒情诗的亚类。短长格讽刺诗（iambus）一词的

---

① 抒情诗（lyric）一词源自希腊文 *lura*，即里拉琴（古希腊U形拨弦乐器），所以音乐寓意明显，也就是一种配乐吟唱的诗歌。一直到罗马时期贺拉斯的诗作，它才逐渐与音乐分离，变成无乐的诗文。此处的"抒情诗本身"意指有音乐伴奏的抒情诗。

起源大概与在祭献德墨特尔和狄俄尼索斯（与性交和繁育等相关的神祇）的节日上表演的诙谐和粗俗诗歌这一传统类型有关。但现存的短长格讽刺诗的范围表明，这一文类的发展大大超出了宗教崇拜起源，而囊括了多种多样的主题和目的。嘲笑和谩骂是主要特征，与性有关的猥亵和露骨话语也是一样（例如，"杂种"一词只会出现在短长格讽刺诗中），但这些诗中也会出现动物寓言，以及道德和政治劝谕。短长格讽刺诗相对较为"粗鄙"或通俗的语域，使它成为传播民主政治的理想介质：因此雅典政治家和诗人梭伦（活跃于公元前6世纪初，后来被尊称为开创民主的英雄）就用短长格讽刺诗来为自己的政治和经济改革辩护，声称自己解放了那些因债务而沦为富裕主人之奴隶的雅典人（诸多成就之一）。

短长格讽刺诗的多样性在该文类的杰出代表人物阿尔基洛科斯身上得到了明显的体现，他的创作年代在公元前7世纪中期，在古代世界与荷马齐名，是最伟大的诗人之一。阿尔基洛科斯以其诽谤诗语言的鲜活和诙谐机智名扬四方，但他的嘲讽也会带上一种严肃的笔调，比如他在取笑"漂亮的好人"这一贵族典范时就表现出了这一点，那是一种将美、高贵和卓越全都混合在一起的意识形态：

　　　那位将军我不喜欢，他迈大步，
　　　鬈发整齐，自鸣得意。
　　　我宁愿看见一位将军，腿弯人矮，

两脚站得稳，心中勇敢。

（片段 114）①

短长格讽刺诗将嘲讽看成透过事物的表面揭示真相的手段，这里就把矛头对准了那位漂亮的贵族将军，他只不过看上去是个人物而已。

阿尔基洛科斯还利用观众对动物的了解，特别是利用他们都受到了动物寓言这一民间传说传统的影响这一点，创作了含有影射意味的精练意象：

狐狸诡计多端，刺猬只有一个——但那是很管用的一个。

（片段 201）

如此处所示，阿尔基洛科斯往往会自比那个表面看来处于弱势，却最终打败了敌人的动物。刺猬"很管用的一个"计策就是蜷缩成一个满身是刺的球，诗人在其他地方明确指出了它与叙述者的相似性：

但我知道一件重要的事：
对那个伤害我的人，我会加倍奉还。

（片段 126）

---

① 译文引自水建馥译，《古希腊抒情诗选》，人民文学出版社 1988 年版，第 53 页。

这里的意思很清楚：如果有人试图伤害阿尔基洛科斯，他不仅会保护自己，还会（像刺猬一样）针锋相对——他暗示说，其中就包括创作关于此人的诽谤诗。

阿尔基洛科斯最著名的诗歌系列之一关乎他与一位名叫吕坎拜斯的人及其女儿的关系。根据把诗歌解读为诗人自传的古代传统，吕坎拜斯曾把女儿内奥布勒许配给阿尔基洛科斯，但后来悔婚了。阿尔基洛科斯的报复手段就是声称自己与内奥布勒和她的妹妹都曾发生过性关系，由此毁了两个姑娘（说她们淫乱）及其父亲（说他违背誓言）的名声，以至于他们全家不堪其辱而自杀。在其中一篇诗作中，叙述者认为他的前未婚妻内奥布勒是个烂货（"她对许多男人来者不拒"），转而勾引她的妹妹（片段196a）。该诗结尾既直白又含混："我使出一身蛮力，只碰了碰她金色的秀发。"这就为观众（酒会上微醺的男人或节日里喧闹的众人）制造了悬念，让他们好奇心大增，不但争相猜测到底发生了什么，还热切期盼着阿尔基洛科斯关于吕坎拜斯及其女儿的下一篇粗俗诗作。不过这样用讽刺诗来辱骂他人不仅很刺激，还暗含了古代希腊观众应知的基本道德价值观——比方说这里就包括守信、未婚女孩必须守住贞操的重要性，以及性约束（当然是对女性的约束，这符合父权社会的双重标准）的价值观。

短长格讽刺诗的核心特征是内容而非韵律形式，哀歌（elegy）则不同，它包括以哀歌式对句写成的所有诗歌，是整个古代最受欢迎的诗歌形式之一。希腊哀歌通常是在阿夫洛斯管（*aulos*）的伴奏下演唱的，这是一种形似双簧管的乐器，由同一位乐师（阿夫洛斯管乐师）同时吹奏两根。切记不要把"哀歌"理解为现代的挽歌或挽诗，因为虽然它在古代的确与悼词和祭文（即其现代定义的起源）有关，但哀歌是一种非常灵活的形式，用于表现千变万化的主题，从神话或历史叙事，到酒、女人（外加男孩）和歌曲这类酒会上的永恒主题。

和写作短长格讽刺诗的阿尔基洛科斯一样，哀歌诗人也使用各种不同的第一人称来满足表演场合和观众的需要。最突出的实例之一出现在公元前7世纪末的诗人泰奥格尼斯的哀歌中，诗人扮演的角色是一个心怀怨恨的贵族，在亲民主的革命中失去了地产，被迫流放，正在计划复仇。泰奥格尼斯对着他那位年轻的男性情人基尔努斯喃喃低语，敦促后者聆听和牢记。典型的抱怨如下：

> 基尔努斯，这座城市依旧如故，但平民却今非昔比：
> 他们曾对公正和法律一窍不通，
> 而是披挂着破烂的羊皮
> 住在城外，驯鹿一样卑微。
> 如今他们变成了士绅，基尔努斯，而昔日的贵胄
> 沦为败类。此情此景，谁堪忍受？

（第53—58行）

泰奥格尼斯的诗歌刻画出古风时期整个希腊的贵族群体的焦虑，民主政体的兴起或蛊惑民心的政客对他们的统治构成了威胁，后

者依靠大众的支持掌权，但随后就把自己变成了暴君。泰奥格尼斯为现有的特权辩护，憎恶粗俗者和新贵（*nouveaux riches*），这些让他的哀歌在贵族酒会上大受欢迎。在酒会上表演那些诗歌有助于培养群体和阶级凝聚力，让他们共同面对威胁自身地位的变革。

凝聚力的创造也是提尔泰奥斯的军事哀歌的重要元素，这位公元前7世纪中期的斯巴达诗人敦促他的斯巴达同志们誓死保卫自己的城邦和人民："英勇杀敌为祖国而战/死于前线最美好……"（片段10，第1—2行）提尔泰奥斯的诗歌强调失败是可耻的，胜利是光荣的，反映了斯巴达社会残忍的军国主义，即便以古代的标准来看，其暴虐也非同寻常。提尔泰奥斯的时代之前大约50年，即公元前8世纪末，斯巴达曾经征服了他们附近的美塞尼亚人（同为希腊人），并把后者变成"赫洛特"（即"被俘之人"），整个民族被永久奴役。他们的强制劳动既使斯巴达的军事化社会成为可能，又让它变得必要，前者是因为斯巴达人无须劳动，可以做全职士兵，后者则是为了消灭持续存在的奴隶起义的危险。提尔泰奥斯写被奴役的美塞尼亚人"像驴子一样，被身上的重负压垮"（片段6），他的诗歌写于又一场奴隶起义之后的所谓第二次美塞尼亚战争期间，宗旨就是要维护征服成果，强化斯巴达社会的军国主义价值观。在其后数个世纪里，他的军事哀歌始终激励着斯巴达军队英勇战斗。

传统上把其他诗歌（也就是既非短长格讽刺诗又非哀歌的诗歌）都称为严格意义上的"抒情"诗，并根据它是由合唱队还是独唱歌手表演,再把它进一步分为合唱抒情诗和独唱抒情诗。不过有时并不清楚一首诗是为独唱还是合唱而作,而原本的合唱抒情诗自始至终都可以由一个独唱歌手重新表演(例如在贵族酒会上)。无论如何,既然这种诗歌都是在阿夫洛斯管、里拉琴或其他弦乐器的音乐伴奏下吟唱的,它的主要特点就是音乐与歌曲至关重要(当然在合唱诗中,舞蹈也很重要)。

最著名也最迷人的抒情诗人或许当属萨福,她于公元前7世纪末在莱斯博斯岛上写作。萨福是古代最伟大的女性作家,被古代的仰慕者们誉为"第十位缪斯"。她写过各种形式的合唱诗,包括婚礼歌曲和献给神祇的赞歌,但她最有名的诗还是那些关于爱情,特别是女人之间的爱情的独唱诗(多半是独唱诗)。人们往往会说萨福与她的女性圈子的公开情爱关系也实现了某种教育目的,她的"学生们"能够学到许许多多的活动,包括音乐、装饰和宗教仪式等,为日后为人妻、为人母做好准备。在这一模式下,萨福的圈子被认为是与男同性恋通过仪式相当的女性活动,现存的很多资料都能证明,在古风时期和古典时期,这种男同性恋通过仪式在希腊其他地方的年轻男子中非常盛行。

另一种情况是,她的那些关系可能就是单纯的情爱关系,不需要声称有什么教学目的。(换句话说,萨福的受话者们可能是她的一连串女性情人,不一定是某个体制内群体的成员。)无论如何,有一点很清楚,萨福的诗赞美的是女性之间肉体上的亲密关系和爱欲。例如在一首诗中,她安慰一位即将离别的情人,回忆起"你在柔软的床榻上满足你的渴望"(片段94,第21—23行)。

维多利亚时期把萨福塑造成（贞洁的）女家庭教师形象，压抑了这些被认为有害的同性恋元素，不过奇怪的是，相关的男性学者——他们中的许多人都曾在寄宿学校接受教育——倒是不难接受古希腊有一个年轻男性同性恋活动频繁的时期。

许多男性抒情诗人与男女两性各色各样的情人尽享欢愉，但他们没有一个像萨福那样，坚信爱是人生中最不可或缺的东西：

> 有人说世间最好的东西
> 是骑兵，步兵和舰队。
> 在我看来最好是
> 心中的爱。

（片段16，第1—4行）[①]

这里，叙述者的观点与"男性"崇尚军功荣耀的价值观公然对抗，而另一首诗则剖析了说话者看到自己心爱的人与一个男人在一起时，心中的妒忌和绝望（片段31）。让我们伤心的是，萨福只有一首诗完整地保留至今，她在该诗中向阿芙洛狄忒祈祷，请求女神帮助她克服一个对她的爱不予回应的女人的抗拒（片段1）。然而萨福诗歌的碎片化恰恰突出了她的意象的微妙质朴和摄人心魄的美感，于是就有了下面这些例子："爱摇动着我的心房，像一阵风落在山间的橡树上"（片段47），"让我浑身无力的爱神再

---

① 译文引自水建馥译，《古希腊抒情诗选》，人民文学出版社1988年版，第123页。

度令我颤抖起来，那酸苦又甜蜜，谁都无法抗拒的精灵啊！"（片段130），还有（关于她自己的女儿）"我有一个好女儿，她的模样好似/金花几朵，我爱的克勒斯"（片段132，第1—2行）[1]。

合唱抒情诗是由古代希腊社会的各个阶层参与演唱和舞蹈的（一般来说，已婚女人、少女、男人和男孩各自在不同的合唱队里表演），合唱的集体合声扮演一个重要角色，就是表达参演演员及观众群体的价值观。合唱表演是宗教礼拜和节日庆典中必不可少的部分，从婚曲到葬礼上的挽歌，它标记了一个人一生中的许多重大事件。比起独唱抒情诗，合唱诗歌所书写的场面要大得多，风格也更为崇高，使用精心构思的韵律、复杂的句式、华丽的辞藻和大胆的比喻。

现存的最大一部合唱抒情诗集是品达所作的40首凯歌（或 *epinikia*，即胜利曲）全集，都是诗人在公元前5世纪上半叶为赞美四大运动会（其中最著名的就是奥林匹克运动会）的获胜者所作。委托品达创作凯歌的获胜者来自希腊语世界的各个角落，却因为都渴望用诗歌让自己的胜利名垂千古而走到一起。有些构思不够精妙的凯歌或许是在运动会之后不久的节日上创作和表演的，但大部分都是为了在胜利者返回故乡城邦时表演而作，胜利者的家人会保留诗作的副本，以便在未来数年里反复表演（只不过不一定像首演时那样，由大型歌舞团体来演出）。

品达因风格华丽而备受美誉，在现代人看来，他的诗作可能

---

① 译文引自水建馥译，《古希腊抒情诗选》，人民文学出版社1988年版，第126页。

会显得古怪和夸张，但委托者们觉得要纪念他们伟大而耀目的成就，那样的风格再合适不过了。那些凯歌除了交代委托者或其家人此前所获胜利等个人经历之外，一般还会记述某个神话事件（往往与胜利者故乡所在的城邦有关），神话的细节会被精心构思，这些诗歌宏大的赞美修辞也是一样，从而突出胜利者能够获得成功的各种要素——天生的能力、刻苦训练、有德行的雄心抱负、众神的支持等。现代人看到这些颂歌强调天赋异禀和胜利者超乎常人大概又会犹疑不定，但品达的保守观念反映和强化了他那些有权有势的委托者的贵族世界观。品达认为，运动员在神的帮助下获得胜利的那一刻，人超越了生命的短暂易逝而获得了永恒：

　　一日之中的造物啊，谁是什么？谁又不是什么？人乃虚影之梦。然而，一旦宙斯赐予的澄辉拂照，蔼蔼扶光委照于人，于是生命和顺。

　　　　　　　　　　（《第八首皮托凯歌》，第95—97行）[1]

然而当人的潜力得以实现，诗人同时告诉我们，成功可能会激起妒忌，或许是他人的羡妒，又或许是诸神的嫉恨，所以这些凯歌也用冷酷的笔调（在我们听来很是意外）重申人类生命易逝、力量有限，这也能保护胜利者免受随胜利而来的诸多危险。

---

[1]　译文引自娄林：《城邦与诗人——品达第八首皮托凯歌解读》（中山大学博士论文）。

按照罗马哲学家和剧作家塞涅卡的说法，"西塞罗说即便他的生命延长一倍，也不会有时间阅读抒情诗人的作品"（《道德书简》49.5）。还好，其他很多罗马人更喜欢抒情诗，拉丁文学也有很多抒情诗和个人诗可与希腊诗相媲美。其中最出类拔萃的或许要属卡图卢斯，他在共和国末期（公元前1世纪60年代—前1世纪50年代中期）写作，虽然作品不多（只有116首诗），但它们呈现出种类繁多的诗歌形式和风格，从微型史诗和宗教赞歌到滑稽模仿文学作品和社会政治讽刺作品。但他的作品中最受欢迎的，还是关于他与一位他唤作莱斯比亚的已婚女人之间私情的那些诗作。这25首诗（大部分是短诗）中有关于他们关系的浮光掠影，却没有列出时间顺序，需要由读者把他们的私情故事拼接起来，从卡图卢斯最初的热恋和狂喜，直到当他知道除他以外莱斯比亚还跟其他男人上床时，心中的幻灭和恨意。

许多读者愿意相信这场情事，还去寻找文学化名"莱斯比亚"（暗指萨福，她就来自莱斯博斯岛）背后那位真正的女人是谁，这些都证明了卡图卢斯的诗歌艺术化的真情实感和表面上的真诚，下面这两句诗就是一例。卡图卢斯知道莱斯比亚的本性后，对她的渴望依然不可遏制，诗人只用短短两行，便将他此时的心理斗争生动地表现出来：

Odi et amo. quare id faciam, fortasse requiris.

nescio sed fieri sentio et excrucior.

我又恨又爱。为什么，你会问。

我不知道——却能感受到，那心灵的酷刑。

（第85首）

　　然而这一传记观点的问题就在于，它不仅忽略了这段关系的文学背景，在文学背景中发生的事件是对早期文学（特别是艳诗）的再加工，同时也会掩盖卡图卢斯叙事所隐含的性成见和意识形态，即男性诗人/叙述者可以随便通奸，却谴责他的女性同伴生活淫乱。也就是说，和他以前的希腊抒情诗人一样，卡图卢斯创造的第一人称所表达的个人感情和浓浓爱意既不难识别，又引人入胜。在莱斯比亚系列诗中，卡图卢斯的说话者是个一心一意却又遭到背叛的情人，一个永远都是受害者、把一切道德缺陷归咎于另一方的男人。于是，举例而言，他把他们的关系描写为"这神圣友谊的永恒盟约"（*aeternum hoc sanctae foedus amicitiae*，第109首，第6行），掩盖了他自己也是通奸一方的事实，好像他的角色只是遭到莱斯比亚背叛的受害者。

　　卡图卢斯显然有意要让这类诗歌在罗马语境下惊世骇俗，不仅赞美奸情，还鼓吹了这样一种生活方式：拒绝传统的事业，却为充斥着爱和欢愉的生活大唱赞歌，既不像男人，也不像罗马人。卡图卢斯以自己的方式爱着莱斯比亚，公然藐视所有一本正经又根本不得要领的老式罗马人：

　　　　让我们活下去吧，我的莱斯比亚，让我们爱吧，

　　　　至于那些过于严肃的老男人的咕哝，

· 57 ·

让我们认为它们全都一文不值吧！

（第5首,第1—3行）

而通过这样一个违背传统罗马一切道德规范的蛮横角色来取悦读者,卡图卢斯为下一代罗马作家创作的罗马爱情哀歌这种艳诗体裁铺平了道路。

科涅利乌斯·伽卢斯心爱的吕科丽丝、普罗佩提乌斯笔下的辛西娅、提布鲁斯的德利娅和涅墨西斯,以及奥维德的科琳娜,全都受到了卡图卢斯在莱斯比亚系列诗歌中发展出来的痴缠、妒忌和浪漫理想主义模式的影响。但这些诗人也各自杜撰了自己的哀歌情人的角色,并以自己的方式探索了这种文类的可能性。例如,在公元前1世纪20年代写作的提布鲁斯就把自己的爱情想象世界设置在乡间,而非卡图卢斯、普罗佩提乌斯和奥维德的城市世界。乡村场景让人可以逃离罗马城的压力,享受到浪漫的田园生活,在那里,提布鲁斯及其读者可以尽情展开罗马人对简朴的乡间生活的美好想象。普罗佩提乌斯在他的四卷诗集中逐渐拓展这一文类,吸收了各种主题,如罗马政治和历史,从而让哀歌回归了它的希腊本源——在古希腊,哀歌本是一种非常灵活的形式。他心爱的辛西娅占据了前两卷本的大幅篇章,他在第三卷结尾处与她(以及他自己的爱情诗人生涯)告别,但她在第四卷中又回来复仇了——甚至从阴间回来,她的鬼魂出现在普罗佩提乌斯的梦里,谴责他不忠。奥维德的哀歌作品有时被称为"戏仿作品",因为他有意识地(且高调地)戏弄爱情哀歌的传统——什么被关在门外的情人、奴隶从中做媒、富家子情敌等——不过我们还是要小心,把"戏仿作品"和"解构"等词语用在奥维德身上时,不能忘记在卡图卢斯、提布鲁斯和普罗佩提乌斯的笔下,情人的角色也同样是艺术创作,是建构而成的。

因此,他们的女性情人不光有文学化名,也象征着爱情诗本身的传统,以及诗人对该传统所做的贡献。和卡图卢斯一样,其他诗人也都被各自不忠的女友辜负了,那些女人不光美丽、热情、喜怒无常,而且饱读诗书——这同样是暗指她们的文学角色。哀歌的许多传统,比方说爱情就像战争,充满了争斗和苦难,或者甘心为情人所奴役等观念,都被哀歌诗人拿来加以修改,以使他们的罗马读者感到惊心动魄、欲罢不能。因此普罗佩提乌斯宣称爱情比守护家人和保家卫国更加重要,而提布鲁斯谴责贪婪和权力政治带来了战争:"爱是和平之神,我们这些以爱为生的人崇尚和平,"普罗佩提乌斯如是说(3.5.1),早早就为后世的叛逆者们"要做爱,不要作战"的理想主义宣言埋下了伏笔。而如果说卡图卢斯对任性又不忠的莱斯比亚的痴迷看似要逆转现行性别角色中的权力关系,哀歌诗人们则更加出格,公然纵情于为爱所"奴役"的自我贬低——在一个像罗马那样的奴隶制社会里,这可是个令人震惊的形象,要知道罗马的奴隶不过是其男女主人的活工具。他们放弃自主权的状态有时简直像受虐:

这儿,我眼见着自己即将沦为情人的奴隶:
哦,永别了,父辈的自由。

我被卖给了残酷的奴隶制，被套上锁链，

爱让我痛苦，再也不会对我放松束缚，

又灼烧着我，不管我是有罪还是无辜，

我此刻正在燃烧，啊，残酷的女子，请移开你的火焰！

（提布鲁斯,《哀歌集》2.4.1—6）

　　就这样，罗马的（男性）读者享受到了丧失权力和自控力所带来的震颤，这两样是他的个人身份不可或缺的部分。后来的罗马人很为拉丁语爱情哀歌诗人而自豪——昆体良宣称，"我们的哀歌也能与希腊人媲美"（《论演说家的教育》10.1.93）——可以说，这些诗人成功地创造了一种和讽刺文学作品（见第八章）一样独具罗马特色的文类。

　　如果说"罗马化"是衡量拉丁语作者成功地继承希腊先辈衣钵的主要标准，那么贺拉斯在《长短句集》和《颂诗集》中为罗马读者彻底改写希腊讽刺诗和抒情诗，就必须与维吉尔在同一个动荡时期改革史诗的功绩相提并论了。《长短句集》作于公元前1世纪30年代，吸收了希腊讽刺诗的广泛主题，使之适用于深陷内战旋涡的罗马——如上所述，那些主题不仅有辱骂，也包括各种各样的社会政治论述。例如《长短句集》的第7首和第16首大概作于公元前1世纪30年代初，其中贺拉斯敦促他的罗马同胞放弃疯狂自毁，但诗人明智地给自己留了一条退路，没有言明自己在内战中的立场。与之相反，在写于公元前31年亚克兴角决战之后的《长短句集》第1首和第9首中，贺拉斯赞颂了他的朋友和赞助人梅塞纳斯在战斗中的功勋,相信了奥古斯都政权的宣传,即这场战争是为了反对腐败的外国敌人克莱奥帕特拉及其对马克·安东尼等弱者影响的正义之战,而不是罗马君主们争权夺利的内战。

然而贺拉斯在抒情诗领域最大的成就,当属他的四部《颂诗集》,它们继承了希腊抒情诗的复杂传统(从古风时期到希腊化时期的各种风格),为奥古斯都时期罗马那个知识渊博的文学世界重新创造了抒情诗的音乐和主题多样性。心怀远大抱负的贺拉斯在四部诗集的第一首诗中就宣称,他的目标是要把自己的名字加在亚历山大时期九大抒情诗人①的正典中:

> 但你若给我抒情诗人的冠冕,
>
> 我高昂的头将闪烁群星之间。
>
> (《颂诗集》第一部,第1首,第35—36行)②

在第三部(前三部是公元前23年一同出版的)的最后一首诗中,他骄傲地重申自己光荣地成为首位拉丁语抒情诗人,也就是第一位用希腊抒情诗的艰深格律创作拉丁语诗歌的诗人:

---

① 亚历山大的学者们按照诗歌的韵律对诗人们进行分类,归纳出值得重点研究的古希腊九位抒情诗人,分别是阿尔克曼、萨福、阿尔凯奥斯、阿那克里翁、斯特西克鲁斯、伊比库斯、西莫尼德斯、品达和巴库利德斯。

② 译文引自李永毅译注,《贺拉斯诗全集:拉中对照详注本(上)》,中国青年出版社2017年版,总第511页。

我为微寒的出身赢得了尊严，

率先引入了艾奥里亚的诗歌，

调节了拉丁语的韵律。

（第三部，第30首，第12—14行）[①]

因此，第一部的前九首诗歌都是用不同的格律写成的，展示了贺拉斯为了适应复杂的非本土传统而改造拉丁语的前无古人的技巧。此外，贺拉斯坚信音乐和表演的重要性，也突出了他作为一个重要的公共诗人这一新的地位。因为和他所效仿的古希腊典范不同，贺拉斯的《颂诗集》并没有拘泥于某一个特定的表演地点，而是主要为诵读而作，然而他反复提到音乐、歌手、诗人的里拉琴、他的观众等，所有这些共同制造出一种表演的幻觉，创造出一种真情流露和共同体验的感觉（就像是在贵族酒会或公共节日中那样），并突显出贺拉斯诗人地位的提升——和他的希腊先辈们一样，他有权为自己所在社会的公共生活发声。

　　《颂诗集》反映了当时罗马社会的方方面面，从宗教赞歌到关于友谊、爱情和政治的诗歌。和希腊抒情诗一样，贺拉斯诗中的第一人称也是根据主题不断变化的，有时是吟唱宗教和政治颂歌的庄重的祭司-诗人，有时又是酒会上慈爱甚或不失滑稽的哲学家，随时给出智慧的箴言，有些色情，有些抽象：

---

　　① 译文引自李永毅译注，《贺拉斯诗全集：拉中对照详注本（上）》，中国青年出版社2017年版，总第2079页。

你当明智,滤好酒,斩断

绵长的希望,生命短暂。说话间,妒忌的

光阴已逃逝。摘下今日,别让明日骗。

（第一部,第11首,第6—8行）①

贺拉斯从希腊抒情诗传统的每一位伟大人物那里汲取营养,他熟读的诗人千差万别,迷人如萨福,华丽如品达,但贺拉斯最频繁地给予认同的诗人当属阿尔凯奥斯（与萨福同时代生活在莱斯博斯岛上,见图3）,因为他既是著名的政治和战争诗人,也写了大量关于友谊、爱情和美酒的诗,因而最能体现贺拉斯抒情诗的广泛主题。

《长短句集》中反映的政治革命仍然是《颂诗集》的核心主题,贺拉斯既同情为共和国的事业献出生命之人,也无数次表达了对奥古斯都结束了内战并试图逆转罗马世风日下面貌的感激。诚然,停止内战而不再重蹈覆辙是四部诗集的一个主旋律。此外,和维吉尔的《埃涅阿斯纪》一样,我们看到诗中既有希望又不乏焦虑:希望奥古斯都"返璞归真"的道德和宗教改革能够成功,却又害怕再次回到内战。因此,贺拉斯反复强调罗马社会的堕落:

父母的世代已经比祖辈更糟,却诞下

---

① 译文引自李永毅译注,《贺拉斯诗全集:拉中对照详注本（上）》,中国青年出版社2017年版,总第615页。

图3 冷酒器上的一幅雅典红彩绘画,大约创作于公元前480—前470年,画上的人物为来自莱斯博斯岛的两位著名抒情诗人阿尔凯奥斯和萨福,他们正在为彼此表演

更邪恶的我们，很快，我们的子嗣

又将出现，罪孽更可怕。

（第三部，第6首，第46—48行）①

　　毁灭看似不可避免——除非，诗人暗示道，《颂诗集》中的建议被世人采纳。换句话说，贺拉斯（和维吉尔一样）并非单纯地在歌颂奥古斯都和他的政权，也试图为它指明方向。因此《颂诗集》以其惊世骇俗的诗歌技巧和主题远见，跻身拉丁文学最出色的作品之列。事实证明，贺拉斯骄傲的自夸（前三部的结尾处）实至名归：

我完成了这座纪念碑，它比青铜

更恒久，比皇家的金字塔更巍峨，

无论是饕餮的雨水，还是狂暴的

北风，还是飞逝的时光和无穷

年岁的更替，都不能伤它分厘。

（第三部，第30首，第1—5行）②

---

　　① 译文引自李永毅译注，《贺拉斯诗全集：拉中对照详注本（上）》，中国青年出版社2017年版，总第1795页。

　　② 同上书，总第2079页。

第四章
戏　剧

　　本章将考察古代文学的两个最流行的文类，即悲剧和喜剧，并试图解释它们何以成为如此成功的大众娱乐形式。我们会看到希腊和罗马每一位有作品传世的主要剧作家如何利用观众的价值观，并鼓励观众把舞台上的世界与自己的经历联系起来。那么我们就从悲剧开始，这是起源于古希腊的最有影响的文学形式之一，它的发展与公元前5世纪雅典的流行文化密不可分。悲剧的起源不明，不过都是些学术界的猜测：不过幸好起源问题并不重要，因为即便有明确的答案，也不会对现存的剧目本身有任何启示。我们最多只能说，悲剧作为一种把合唱歌曲和舞蹈，与演员跟歌队之间的对话结合起来的戏剧形式，它（和喜剧一样）可能是由合唱表演发展而来的。但到现存最早的剧目——埃斯库罗斯的《波斯人》——于公元前472年问世之时，悲剧已经是一种成熟的戏剧类型，而且成为一种竞赛诗歌的形式，随着诗人们为在竞赛中拔得头筹而不断革新和实验他们的诗作，悲剧的发展早已远远超出了它的宗教或庆典起源（如果这些的确是它的起源的话）。

　　读者会注意到我在上面提到了"大众娱乐"和"流行文化"，

那是因为，悲剧和喜剧不是少数社会经济精英阶层专属的曲高和寡的文化（像大部分现代西方社会的戏剧那样），而是在大众节日上表演给大量观众看的，在公元前5世纪的雅典，观众曾多达6 000人，来自整个社会的各个阶层。（公元前4世纪末，剧场扩大到可以容纳多达17 000名观众。）举例而言，观众中很可能包括女人、孩子和奴隶，虽然数量不多，他们大概也不会在前排的豪华席位落座——数量不多是因为他们无权享受国家的票价补贴，所以要么自己有钱，要么得家人同意，他们才能前往观看；而前排的豪华座位是留给男性雅典公民和贵宾的，诸如从希腊其他城邦来访的达官显贵等。在雅典，表演戏剧的主要场合是一年一度的民间节日，即城邦酒神祭（或称大酒神节），该节日为期五天，其间有三位悲剧作家相互竞争，每人呈献四个剧目（通常包括三个悲剧和一个羊人剧；所谓羊人剧是对悲剧神话的滑稽讽刺表演，由吵闹的、半人半兽的羊人组成的歌队表演），还有五位喜剧作家，每人呈献一个剧目。

这是由国家赞助的盛大节日，当然富有的个人市民也会出资为歌队提供培训或服装等，而出现在这个节日上的杰出作品也就成了申请补贴这类艺术创作的理由（如果需要理由的话）。流传至今的古代戏剧文本都是表演剧本，但我们无法从中看到音乐、舞蹈和整个视觉场景，就只能在阅读的过程中重新想象它们了。女性角色由成年男性扮演（而不像莎士比亚戏剧中那样由男孩扮演），和多重角色扮演一样，这是靠使用面具、假发和戏服来完成的。因为在大型露天剧场演出，表演风格和身体动作都必须更大胆、更有表现力,但这并没有影响戏剧的情感效果。情节本身包含大型歌队——悲剧中有15名合唱队员,喜剧有24名——创造了一种剧内观众,这群在戏中看戏的人也能与戏剧的主要人物互动,他们的想法和反应也是该剧意义的有机组成部分。毫不奇怪,这一载歌载舞的歌队和诸神一样,是现代希腊戏剧演出中最难以成功复制的部分。

　　要记住的一个基本要点是,与我们受到现代(后古典主义或新古典主义)"悲剧"观念的影响而想象出来的希腊悲剧相比,真正的希腊悲剧要更为丰富多样。新古典主义学者和剧作家们基于自己对亚里士多德《诗学》的误读,发明了悲剧的特定"规则",但这些多半没用,因为它们与现存的古代戏剧剧目毫无关系。同样将人们引入歧途的,是试图推断出一种本质上悲剧性的世界观(简言之就是没有大团圆结局),再把这种世界观反向投射到悲剧这种古代文类上,如此一来,那些不符合这一世界观的剧目,就被重新归类为"浪漫悲剧""逃离悲剧""悲喜剧",甚或"情节剧",这自18世纪德国浪漫主义以来尤其盛行,但远在那以前就已有了。然而,虽说这种寻找"真正的悲剧"的做法未免为该文类设置了过于狭窄的藩篱,它却回应了现存剧目所共有的某种特征,也就是人类的苦难,即便在所谓"大团圆"式悲剧中也有所体现。我们在莎士比亚的悲剧中也可以看到类似的东西,它包括幽默的元素(虽然没有多少大团圆),也不符合新古典主义的规则,却因此而变得更加深刻感人。

　　所以在希腊悲剧中,总有人在受苦,形势也都很危急。受苦受难的英雄存在于神话（和宗教崇拜）中，而神话是悲剧的素材，已经过数代史诗和抒情诗人的改造，现在被彻底转变成一个全新的文类，为新的观众演出。神话的优点有很多：例如，观众的理解基础一致——不过为防他们不知道具体的神话故事，剧情一开始都会将具体细节一一交代，而诗人在处理或多或少为观众熟知的素材时，也大可发挥自己的想象力和创造力。观众对任何故事熟稔于心——比方说俄狄浦斯的神话，他在不知情的情况下杀死了自己的父亲，与母亲睡在一起并生下了四个孩子——不但不会消除悬念，事实上反而会产生悬念，因为他们会好奇这位诗人将如何处理已知必然发生的可怕结果。神话的使用还使得此时此刻的观众与剧中的虚构世界之间存在一定的（也是不尽相同的）距离，以便在一个想象空间内探索伤痛的主题（战争、谋杀、悲伤、乱伦、强奸、妒忌、复仇……），并激发起强烈的情感，又不致给观众造成心理创伤。

希腊悲剧最基本的道德范式之一，是所谓的"从苦难中学到教训"。这样一种"道德说教"剧的概念，也就是可以使我们变成更好的公民的戏剧，在我们的（后）现代自我听来格外教条，但古代思想的一个基本前提就是，任何形式的艺术都应该教会我们真实和有用的东西，从而使我们变得更好。众所周知，柏拉图驳斥了悲剧的教义，他的理想国会审查诗歌，确保诗歌符合他的道德和宗教观。在柏拉图看来，悲剧生动地描绘了那些容易遭遇灾难又长吁短叹的英雄，在道德和心理上侮辱了我们的人格，但他尤其憎恶这种文类（他曾鄙夷地提到"剧场政体"）也跟他对民主本身的藐视有关，因为他认识到悲剧是一种主要的大众艺术类别，有着广泛的号召力。

相反，柏拉图最出色的学生亚里士多德却驳斥了导师的反动政治和审美观点，他认为人能够通过 *mimesis*（意为模仿，或虚构）来学习，并重申悲剧这种艺术形式的价值就在于，它能给人们灌输重要的知识。亚里士多德还提到了所谓的"悲剧悖论"，也就是说，我们能够通过观看舞台上的他人受苦受难而获得审美愉悦：模仿给了我们必要的距离，把这种静观变得怡情悦性、有益身心。这个问题自提出以来一直让悲剧理论家苦苦思索，令人印象尤深的是，它是由悲剧本身提出的，在欧里庇得斯的《酒神的伴侣》中，乔装的酒神狄俄尼索斯在诱惑彭透斯走向毁灭时，问他："你真的想知道自己痛苦的根源是什么吗？"（815）

但悲剧的愉悦也有重要的道德和形而上层面的意义。因为悲剧提出的问题是，我们应该为人的苦难负多大的责任，对此，它给出的答案是令人振奋的，而非悲观沮丧的。至关重要的是，悲剧关心的是源于人类选择和行为的灾难：与现实生活中的苦难不同，悲剧中的苦难从来就不是纯粹偶然的，而是被放置在一个更大的道德和宗教框架内，这个框架赋予了人类灾难以形式和意义。因此悲剧是一个恐怖的文类，但同时也会给人带来极大的安慰，因为我们意识到宇宙是残酷的，却并非没有意义，我们在舞台上的混乱、痛苦和悲伤的背后看到了万事万物的秩序。我们或许会想起塞缪尔·约翰逊的妙语（*bon mot*）："写作的唯一目的是让读者更好地享受生活，或更好地忍受生活。"看过悲剧的我们会心怀悲悯，提醒自己：他人的苦难更加深重。

悲剧描述的是一个脱轨的英雄世界，借此探讨了从生存困境（我们为什么会受苦？）到时政（雅典民主制度和帝国的裨益与风险）等各种问题。反复出现的核心主题包括各种生动刺激的傲睨神明（*hybris*，即僭越的思考和行为）；人类知识和理解力的格局和局限，特别是与诸神相比；战争的原因和后果，延续了荷马对战争的看法，即战争既是残酷的，也是光荣的；卓越领袖或成功政体的品质，显示出明显的民主倾向，反对君主制、暴政和寡头政治；男人和女人的地位与角色及如何处理人类的性欲；种族和民族主义，体现在希腊人与野蛮人的关系，以及雅典人与其他希腊人的关系中；还有或许最频繁出现的，复仇的欲望及其往往自我毁灭的结果。下面详细考察其中的两个主题（知识和性别）。

自亚里士多德赞美索福克勒斯的《俄狄浦斯王》高超的情节构思和排山倒海的情感冲击力以来，该剧已经上升到了原型悲剧的地位。比如说，曾有一位古代评论家这样概括索福克勒斯的同辈悲剧作家伊翁："真的，没有一个神志清醒的人会觉得伊翁所有的作品加起来能比得上《俄狄浦斯王》这一部作品。"（"朗吉努斯"，《论崇高》33.5）在现代，对该剧最著名的诠释当属西格蒙德·弗洛伊德的解读，他认为这是一个普遍存在的男性幻想的故事，但不得不说，既然俄狄浦斯事实上不知道他父亲和母亲的真正身份，他本人就不可能有所谓的"俄狄浦斯情结"。然而该剧那种令人震惊和不安的力量至今不减，我们看到俄狄浦斯渐渐发现他打破了人类社会两个最基本的禁忌（弑父和乱伦），发现他生活中那些重大的成功标志——身为国王、丈夫和父亲的角色——事实上都是终将毁灭他的诡异幻影。俄狄浦斯的毁灭之所以可怖，不仅因为他所发现的事实骇人听闻，还因为该剧迫使我们想到，我们也很容易懵懂无知地采取行动，毫不知情地铸下大错。俄狄浦斯为他并非有意的行为受到了惩罚，因此该剧就呈现了一个残酷却无可逃遁的道德真理，用一位著名的现代哲学家的话说，"在一个人的人生故事中有一种至高无上的权威，它的行使者是此人已经做出的行为，而不仅仅是此人有意做出的行为"（伯纳德·威廉斯，《羞耻与必然性》）。

三位悲剧作家都探讨了他们的时代中男女相互界定的性别角色，不光提出了做一个好男人（作为丈夫、父亲、儿子、公民、士兵等）意味着什么，也主张给予女性应有的尊重，特别是对身为妻子和母亲的女性，也就是说那仍是在基本的父权社会边界内的尊重。若论男人虐待妻子和家人会有怎样灾难性的后果，没有哪一部戏剧呈现得比欧里庇得斯的《美狄亚》更加有力。在该剧中，伊阿宋抛弃了美狄亚和他们的两个儿子，转而高攀上了一位希腊公主，致使美狄亚杀死了自己的孩子，来惩罚伊阿宋的不忠。在开场白中，美狄亚列出了女人命运的种种不公：她谴责丈夫占有着妻子的身体这一事实，指出性别双重标准允许男人三妻四妾，却不许女人有婚外情，最后发出了那句掷地有声的宣言："我宁愿手持盾牌三次上阵，也不愿生一次孩子！"（《美狄亚》230—251）[①]

[①] 译文引自张竹明译，《古希腊悲剧喜剧全集·欧里庇得斯悲剧（中）》，译林出版社2007年版，第462页。

这也就是为什么在20世纪初妇女争取参政权的集会上，人们高声诵读美狄亚的话的原因，即便从整体上来看，在它起源的文化背景中，该剧绝对不是一部女性主义作品，也绝无争取现代意义上的平等权利的论调。然而虽说如此，这部剧的确戏剧化地表现了当女人的地位和权力不受尊重，会产生怎样的灾难后果，并痛斥了伊阿宋身为丈夫和父亲的失职。和希腊悲剧中经常发生的情景一样，男人先犯错，也因侵犯女人的权利而承担苦果。在（或许）有男有女的观众看到的戏剧世界中，社会的崩溃是两面的，以此来引导观众认识到，两性都应该尊重彼此的权利。所以说，虽然希腊悲剧的作者都是男人，但我们在这些剧目中清晰地看到了女人的视角，其力度或许超过了古典文学的任何其他文类。

和悲剧一样，作为一种文学类型的喜剧的早期阶段也鲜有人知。它或许是自满篇下流话和辱骂的大众娱乐中发展而来的（与第三章中讨论的讽刺诗相似），这些娱乐形式会作为次要部分在节日中表演，不过到现存最早的喜剧剧目，即阿里斯托芬的《阿卡奈人》于公元前425年问世之时，喜剧已经是一个成熟的戏剧门类，（和悲剧一样）综合了念白、歌曲和舞蹈。希腊化时期的学者们试图为这一文类的发展排序，把它分成了三个阶段：旧喜剧、中喜剧和新喜剧。遗憾的是，我们对中喜剧基本上无从评价，因为没有一个留存下来的例子，不过旧喜剧（政治的、淫秽的、荒诞的）和新喜剧（关于家庭的、克制的、写实的……）之间大体上的差别十分清楚。我们能够从阿里斯托芬的最后两部现存剧目《公民大会妇女》和《财神》中看到一种转变，两部戏剧都写于公元前

4世纪初，它们中包含的下流淫秽内容、针对个人的奚落和政治讽刺都较以前更少了，合唱的作用有所减弱，而到前4世纪末的新喜剧时代，作为一个戏剧人物的歌队就彻底消失了。

　　正如悲剧有三大剧作家（埃斯库罗斯、索福克勒斯、欧里庇得斯），旧喜剧也一样：克拉提努斯、欧波利斯和阿里斯托芬。虽然只有阿里斯托芬有完整的剧目存世，总共有11部（占他全部作品的四分之一），但我们有很多其他作品的片段，足以看出它们有很多主题和风格上的共同点。旧喜剧与它的戏剧手足悲剧有很多差异——比方说，怪异而非庄严的面具（见图4）；为了幽默，戏服在腹部和臀部加垫料，（所有男性角色）还吊着一个皮革做成的

图4　哈德良位于台伯（如今的蒂沃利）的庄园中的罗马墙壁，上有悲剧面具和喜剧面具的镶嵌图案，该庄园始建于公元118年前后，是历史上最大的罗马庄园

阴茎；口语化和淫秽下流的语言；明显的元戏剧元素，例如剧中会提到舞台设施；面对观众的旁白（迄今仍然是喜剧的一个广受欢迎的特征）——但二者虽有这么多明显的差别，喜剧和悲剧一样，也是反映当时雅典社会万象的文类，只不过喜剧多是以批评和嘲讽的形式来实现这一目标的。

喜剧的场景通常就设在观众所在的此时此地（而不是遥远的神话世界），不过它的情节充满幻想，例如前往云中鹧鸪国（《鸟》中新建的鸟类城市）或冥府（《蛙》）的旅行等。这些剧目都是根据它们的鸟类或蛙类歌队命名的（阿里斯托芬的《马蜂》也是一样），旧喜剧中频繁使用动物作为人类行为的模型或衬托，是它与讽刺诗的另一个共同点。喜剧"主人公"不是英雄神话中的某个大人物（某个阿基琉斯或奥德修斯），而是一个普通的雅典人，他对某一方面的社会现状不满，便费尽心思想出了一个别出心裁的实现梦想的计划（《蛙》在部分程度上是个例外，因为该剧的"主人公"是酒神狄俄尼索斯，他到冥府去请一位悲剧诗人来拯救城邦，但整部剧对这位神没有半点尊重敬畏）：因此，比方说，在《阿卡奈人》中，狄凯奥波利斯安排与雅典的大敌斯巴达私下签署了一份和平条约；在《鸟》中，两位雅典人受够了雅典和它没完没了的官司，说服鸟儿们在天空中建起了一座新城，大获成功；在《吕西斯特拉特》中，同名雅典女主人公说服来自好几个交战城邦的妇女加入她的性爱罢工，绝望的男人们因而被迫停战讲和了。

大笑和喜剧当然也可以很严肃，让观众捧腹的东西恰恰揭示了他们的担忧和焦虑。阿里斯托芬的戏剧创作生涯大多集中在伯罗奔尼撒战争期间（公元前431—前404），对一个交战中的民主社会而言，有很多针对政客和指挥将军的讽刺不足为奇，但民主本身却从未被质疑，人们渴望和平是理所当然，但这并不意味着他们愿意为了和平付出任何代价。喜剧还会取笑性成见，例如聪明又高尚的吕西斯特拉特就跟她竭力争取过来实施其计划的那些满嘴性谎言、一心只想狂饮的女人构成了鲜明的对照。同样，和悲剧一样，这些喜剧文本不是性解放文件，在这些剧目的结尾，女人们回到了她们"自然的"领域——家中；但它们还是有力地展示了当前的男性领导人有多愚蠢、多无能。

试图描述幽默本来就会显得荒诞可笑。不过我们至少可以指出阿里斯托芬为了制造噱头所使用的一些典型的素材和技巧。首先要强调的是，当时表演的喜剧类型极多，无论你喜欢屎笑话（就是关于屎的笑话，而不是……）、屁笑话、粗俗闹剧或双关语，抑或你的口味更倾向于复杂的文学戏仿作品和政治讽刺，每个人都能从阿里斯托芬的作品中得到满足，和悲剧一样，喜剧也对各个阶层的民众有着极大的吸引力——这倒在意料之中，因为它们在同样的节日里上演，都想赢得各自竞赛中的第一名。那个经久不衰的喜剧修辞"生活如今真是糟糕啊！我年轻的时候就好一些……"被频繁使用，因为它针对的是一切形式的文化变革——音乐、诗歌、科学、哲学等多个领域的新风格，而通常由一对彼此互不理解的父子来表现代沟，是引发观众大笑的固定套路。

正如我们对旧喜剧的看法主要来自阿里斯托芬，我们对新喜剧的理解也在很大程度上受到了米南德的传世作品的影响，这位雅典剧作家的写作生涯从公元前4世纪末延续到前3世纪初。米南德写过逾百部剧目，但他的作品并没有被纳入中世纪的手稿传统，直到最近，我们对他的作品的了解还全都来自其他古代作家的引用，以及他对普劳图斯和泰伦提乌斯（下文还将写到这两位）等罗马剧作家的影响。然而自1890年代以后（对古典学者来说，这就是"最近"啦……），不断有新出版的莎草纸作品问世，改变了我们对米南德的成就的看法，现在我们至少有了一部完整的剧作《恨世者》（*Dyskolos*），还有很多其他作品的完整和大幅篇章。如上所述，新喜剧与旧喜剧的不同之处在于它的风格更加写实，相比之下，显得更加平淡：例如新喜剧中没有辱骂或政治讽刺，那个充满活力的皮革阴茎也不见了。一位古代评论家曾在总结米南德高妙的写实主义戏剧时问道："米南德和生活：是谁模仿了谁？"所以说，我们在米南德的喜剧中大概看不到阿里斯托芬的下流语言和超现实奇想，但他的作品有一种更温和也更反讽的幽默，展现古希腊社会风貌的力道丝毫不弱。

新喜剧的关注点从雅典的社会政治转向家庭生活场景，有好几个原因。最重要的是，被腓力二世和亚历山大大帝征服之后，此时的雅典处于马其顿的统治之下，没有民主，没有言论自由，直接对政治说三道四可能会很危险。不过说得更积极一点，关注日常生活的典型矛盾和问题——特别是家庭和恋爱关系——的艺术形式一定能吸引观众，因为我们都生活在家庭中，又（引用无数低俗歌曲的说法）都希望被爱。此外，许多人无疑会像今人一样，觉得政治太无聊了：比方说，简·奥斯汀的小说中没有提到多少她那个时代的卢德主义者①或当地政府的改革，而是专注于爱情和家庭生活，但她仍然是拥有读者数量最多的英语经典作家。因此，新喜剧转向爱情和家庭问题不仅使之成为一切现代家庭和浪漫喜剧的先驱，也让它获得了一种普遍的共鸣，回响至今。

　　在米南德的时代（简·奥斯汀的时代也是一样），青年男女之间的爱情不仅是他们两人的事，也是涉及整个家庭的大事，特别是因此而结亲的两家的父亲。于是那些剧目就聚焦于相关的矛盾和障碍，戏剧焦点变成了令人苦恼的状况和紧急关头的真相大白，如被绑架的女儿、不忠嫌疑或私生子女和弃婴等。值得注意的是，这些戏剧化事件中也处处都有强奸，这是我们认为喜剧中最不该有的东西。但由于它危及女人的生命、女人及其家人的荣誉以及即将出生的孩子的合法性和继承权，强奸事件成为古代家庭戏中的情节设计也是可以理解的。使用该桥段可能对剧情的发展有至关重要的作用，比方说在米南德的《公断》中，卡里西奥斯极端地指责他的妻子潘菲勒被人强奸，却对他自己过去曾犯过同样的罪行毫不在意——既然这是喜剧，结局必是"大团圆"，因此卡里西奥斯最终得知他就是孩子真正的父亲，他在他们婚前的一个节日里与潘菲勒发生了性关系，最终他意识到自己有着双重标准并对妻子缺乏同情，流露出悔意。米南德的戏剧往往是这样的，复杂纠缠的剧情最终得到解决，突显了宽容和同情在

---

　　① 卢德主义者（Luddites）是19世纪英国民间对抗工业革命、反对纺织工业化的社会运动者。由于工业革命运用机器大量取代人力，使得许多手工工人失业，因此该运动的参与者常常摧毁纺织机。后世也将反对任何新科技的人称为卢德主义者。

人际关系中的重要性。

与希腊戏剧相比，罗马戏剧的门类更加宽泛，既有严肃的又有幽默的：悲剧；罗马历史剧；两种截然不同的喜剧，一种基于希腊新喜剧，另一种以本土的意大利传统为基础；闹剧，由一群定型角色（小丑、吹牛大王、贪吃者、罗锅儿、阴谋家等）表演充满憨傻蠢笨和下流言语动作的小品，以及对悲剧和神话的戏仿。还有两种由希腊戏剧改编的门类，在帝国时期非常流行：默剧更像我们今天的芭蕾舞剧而不是那种"他就在你身后！"的默剧表演，其中一位戴着面具的男性舞者在乐师与歌队的伴奏下表演（通常很悲惨的）神话场景（古希腊语 *pantomimus* 的意思就是"能模仿一切的人"）；最后还有滑稽剧，虽然英文名是mime，但它同样也与现代的mime（哑剧）大相径庭，因为在罗马的滑稽剧中，男演员和（居然还有）女演员不戴面具，表演有台词的小品，或淫荡下流，或议论时事，也有些是对爱情哀歌等严肃文学形式的滑稽模仿，其常有套路包括"丈夫、妻子、她的情人和女仆"的桥段，无异于现代闹剧中的"圣杯"桥段。

唉，和希腊戏剧一样，罗马戏剧也极少有作品存世，因而我们对罗马戏剧的看法也基本上是支离破碎和顾此失彼的，这是因为在公元前205—前160年前后的普劳图斯和泰伦提乌斯之后，便再无完整的罗马喜剧存世，也没有写于公元1世纪40—60年代的塞涅卡之前的完整悲剧存世。普劳图斯和泰伦提乌斯的喜剧都是迷人的作品，不仅因为他们是现有拉丁文学最早的完整实例，也是因为我们第一次可以详细地考察罗马人对一种希腊文学类型的改革。（如第二章所述，早期罗马史诗只有些片段存世。）这些作品虽然是在希腊原本的基础上改写的，却都表现出极大的创造力，而普劳图斯和泰伦提乌斯或许重复使用了新喜剧的场景、情节和人物，但他们的改写不是单纯的翻译，也为吸引新的意大利罗马观众而加入了各自不同的演绎：普劳图斯在《粗鲁汉》的序曲中骄傲地开玩笑说，"德谟菲勒斯［除了这里提到他之外，我们对这位希腊剧作家一无所知］写了这个剧目，马尔库斯［普劳图斯］把它改编成了野蛮人的剧［意即把它罗马化了］"。毕竟观众席上的许多人都不知道希腊语原著，因此罗马喜剧的兴衰完全取决于它自己的价值。在表演那些喜剧的节日上，它们也要与其他的大众娱乐形式争夺观众的注意，像杂技、走钢索的小丑、拳击手、摔跤手和角斗士等。我们从这些剧作的序曲中了解到，观众本身也是来自各个社会阶级和年龄层的人，包括男人和女人，他们可能非常粗鲁，要是觉得表演不够有趣，甚至会随时起身制止表演。

　　普劳图斯写了约130部喜剧，流传至今的有20部。首先令人吃惊的是这些剧作与米南德和泰伦提乌斯的写实风格截然不同。普劳图斯剧作的情节结构松散、语言丰富、有双关语、广泛使用吟唱抒情诗，还频繁玩弄戏剧传统，让人联想到希腊旧喜剧，比方说在阿里斯托芬的戏剧中，幽默的形式就很多样，从笼统的笑闹剧到形体喜剧，再到文学戏仿。"机智的奴隶"这个曾出现在阿里斯托芬喜剧中的人物，在普劳图斯笔下得到了进一步发展，他在大部分剧作中都用到了这个人物。典型的情节是，年轻的主人不知该如何得到自己心爱的姑娘，但他那位足智多谋的奴隶成功地哄骗了所有阻止他们在一起的人——情敌、奴隶贩子、皮条客、严厉的老父亲——最终皆大欢喜。罗马观众大概很享受这个乱套世界带来的令人颤抖的快感——奴隶居然比高他们一等的公民更聪明，但幻想永远以"常态"收尾，奴隶制度的权力关系当然也会复旧如初。社会和道德秩序总会回归，坏人或缺乏同情心的人物终将遭遇挫败。

泰伦提乌斯共有六部喜剧作品，全都完整地保存至今，这在古代作家中是非常罕见的。一个主要原因是泰伦提乌斯的剧作在古代和后来被选入学校的课本，因为他自然优美的拉丁语及克制温和的道德说教被认为正是孩子们需要学习的东西；相反，普劳图斯的语言更难，他的喜剧被认为有伤风化，接近于闹剧和滑稽剧。（如果真像古代资料显示的那样，泰伦提乌斯最初是以奴隶身份从北非迦太基来到罗马的，他那堪称典范的拉丁语就更加惊人了。）泰伦提乌斯的六部剧中有四部是根据米南德的剧作改写的，众所周知，他因此而被尤利乌斯·凯撒贬称为"半个米南德"，这很不公平，因为他不单改写希腊语原著来迎合罗马人的喜好和兴趣，也巧妙地把好几部希腊语原著的材料综合到一部剧中。泰伦提乌斯的剧作不像普劳图斯的作品有那么多性爱描写，那么热闹和富有音乐性，但它们仍有独特的喜剧魅力，他善辩地把自己更为雅致的风格转变成一种优势，暗示一群如此有学问的观众自然会喜欢他的剧目胜过对手们那些粗俗的闹剧，这样的恭维让观众们受用不尽。

和希腊新喜剧一样，罗马喜剧也基本上避免直接对当代政治说三道四（更不要说像旧喜剧那样攻击具体的政治家了），但它仍然反映和交代了影响罗马社会的基本问题。本书第一章提到，公元前3世纪末到前2世纪初是罗马历史的一段引人注目的关键时期，彼时罗马的胜利使它成为地中海沿岸的超级大国，这些戏剧就探讨了战争和帝国带来的（有好有坏的）变化。例如在普劳图斯的《俘虏》中，主要人物是一群最终重获自由的希腊战俘，这是有历史基础的：公元前194年，罗马将军弗拉米尼乌斯解救了1 200名罗马人，使他们免于在希腊为奴，而公元前216年的坎尼会战①之后，成千上万的罗马士兵却没有这么好的运气，那时罗马元老院拒绝向汉尼拔支付赎金赎回他们。罗马的扩张也影响了他们自己的种族和文化身份的发展，在普劳图斯的《小迦太基人》等剧作中，我们就能看到剧作家使用民族的刻板印象来达到喜剧效果：迦太基人奸诈狡猾，罗马人诚实直率。然而和米南德一样，罗马喜剧关注的不仅仅是日常生活中反复出现的问题——特别是婚姻、忠诚、育儿和金钱（举例而言，在普劳图斯的《一坛金子》中，老啬鬼欧克利奥一门心思想着在房前地里挖出的金子，根本没注意到自己的女儿被人强奸，即将产子）——也同样关注这些危机在紧急关头的解除，这是它对后来的西方喜剧传统巨大影响的核心所在。

---

　　①　公元前216年第二次布匿战争中的主要战役，以迦太基主帅汉尼拔入侵意大利罗马的粮仓坎尼城开始，以汉尼拔以少胜多击溃意大利大军结束。因汉尼拔用兵战术之高妙，成为军事史上最伟大的战役之一。

如前所述，我们对罗马悲剧的观点和对喜剧的看法一样失之偏颇，虽然从公元前3世纪中期以后存在着一个延续的罗马悲剧传统，但大部分剧作都佚失了。留存下来的只有十部剧作，全都创作于这种艺术形式发展后期的罗马，全都被认定为塞涅卡的作品。不过其中一部，《奥塔山上的赫拉克勒斯》很可能不是由他所写，另一部《奥克塔维娅》，也就是现存的唯一一部罗马历史剧，写的是尼禄谋杀了自己第一个妻子的故事，显然不是塞涅卡所写（他是剧中的一个人物），因为它提到了塞涅卡死后发生的事件，包括尼禄自杀。许多学者认为其他八部确实由塞涅卡所写的悲剧是为了阅读或背诵而作，而不是为舞台表演而写，但我们对此并无十分把握，而且不管怎样，最重要的是这些剧作的内容和主题，它们深刻地揭示了公元1世纪40—60年代，在克劳狄一世和尼禄两位皇帝的统治之下，这些戏剧创作的政治和文化背景。

塞涅卡曾在公元41年遭到克劳狄一世流放，罪名是与前皇帝卡利古拉的妹妹私通，但又在公元49年被克劳狄一世的第四任妻子阿格里皮娜召回，还被任命为她12岁的儿子尼禄的导师。尼禄在公元54年登基之后，塞涅卡成为他最亲近的顾问并获得了极大的权力和财富，也为他的朋友和家人谋得了不少肥差。因参与推翻尼禄的阴谋败露，塞涅卡受牵连而被迫在公元65年自杀。因此，塞涅卡的大部分创作生涯都是在帝国权力和影响的中心展开的，鄙视他为人虚伪自是容易——比方说，这位亿万富翁满怀激情地宣扬财富乃身外之物的哲理，这样的立场在他生活的时代已经遭到了质疑，一位同代人问道："是哪一门学问，哪一派哲学可以给他作为依据,可以在取得皇帝宠信的四年当中搜刮到三万万谢斯特尔提乌斯的财产?"(塔西佗,《编年史》第十三卷,第42章)①——但塞涅卡的确对人性的弱点有着敏锐的观察。

和希腊悲剧一样,塞涅卡也使用希腊神话的君主制世界来反思自己所在时代的忧虑,其中很重要的,便是独裁统治所创造的风雨飘摇的政治世界。我们一次又一次地看到"绝对权力导致绝对腐败",虽说剧中没有明确提及当代政治或批判罗马独裁政体——这么做在帝制时期的罗马是自找麻烦,在提比略统治时期已经有作家因此而被杀了——但塞涅卡笔下那些强大的主人公们被自私的邪恶逼近的阴森氛围,必定会在当时的读者或观众心中引起共鸣。抛开政治不谈,塞涅卡的悲剧在其他方面也反映了时代风貌:比方说它们恐怖的暴力和怪异的修辞——用T. S. 艾略特刻薄的半夸张说法,他的人物"似乎都用一个声音说话,还大叫大嚷"——或者剧中描写的人类情感不受约束时会引发何种混乱和苦难,显然受到了斯多葛派哲学的影响。最后,这些剧作展现了一种惊人的元戏剧意识,意识到它们本身就是历史悠久的悲剧传统的一部分,例如当美狄亚奋起杀死他们的孩子来报复伊阿宋时,她高声宣布:"现在我是真正的美狄亚"(《美狄亚》910),或者当俄狄浦斯发现了自己的罪行并出于羞愤弄瞎双目时,他说:"这张[双目失明的]脸正适合俄狄浦斯"(《俄狄浦斯王》1003)。塞涅卡的悲剧对伊丽莎白一世和詹姆斯一世时期的英国

---

① 译文引自王以铸、崔妙因译,《塔西佗〈编年史〉》(上册),商务印书馆1981年版,第438页。

戏剧（尤其是马洛、莎士比亚、琼森和许多复仇悲剧的作家）产生了极大的影响，对观看过大量现代戏剧，特别是电影形式的戏剧的观众来说，他所突出的暴力和怪诞气氛定不陌生。

　　总之，戏剧是古代世界社会生活的一个重要组成部分：在最小的城镇，在古典世界的遥远边陲，希腊和罗马殖民者们建起剧院，那是他们文化生活的必要元素。在我们的时代，没有哪一种古代文类像希腊悲剧那样生机盎然，它在全世界各地演出，仍然被看作直面当代诸多问题的重要方式，包括战争、帝国主义、种族问题、性问题，不一而足。

第五章

撰　史

本章将考察希腊人和罗马人如何构想和撰写他们自己的过去。我们将看到，由于对过去的考察历来会受到当前的影响，因此历史学家的著作对于他或她自己所处时代的披露一点儿也不亚于其他时代。我们也会考察其他文类（例如史诗、悲剧和演说）对历史编撰的影响，以及古代作家在何种程度上进行我们认可的历史研究，而不单单是改写早期作家关于过去的版本。我们还会看到各个历史学家如何捍卫各自声称的真相，以及历史发现的过程如何旨在解释很多不同的事情——比方说，波利比阿是为了解释罗马共和国的兴起，而撒路斯特和塔西佗则是在解释共和国的消亡。虽然以历史准确性或客观性的现代标准来看，它们各有缺陷，但本章还将论证古代历史学家的伟大成就，其中很多人成功地收集了不少冷僻的资料，并将其整理成复杂事件的连贯叙事。

撰史，即"历史"撰写，定义是对过去进行科学的（也就是基于证据的）调查，于公元前5世纪在希腊发展起来。然而正如我们在前几章所见，我们可以（谨慎地）把史诗或抒情诗等无文字记载的文学作为早期希腊历史的一种指南。在希腊人自己看来，荷马史诗就是撰史的绝佳典范，因为它们叙述了其社会的英雄本源，即便如希罗多德和修昔底德这样开拓性的历史学家，也会把荷马当作早期希腊文化的一个宝贵的信息来源，要知道这两位对早期的（神话的）过往叙事都持相对怀疑的态度，特别是由诗人讲述的叙事，在他们看来更不可信。不管是希腊还是罗马的历史学家都不得不参考史诗，一个重要原因就是，他们写作的素材非常相似：伟大的战争和英勇的行为、糟糕的决定和悲惨的失败、幸存与复兴。的确，从一开始，历史就从其他各种文类中汲取了不少养分，从所有形式的诗歌到哲学和包括地理与民族志在内的科学。

我们在早期历史学家那里已经看到了神话时代不同于历史时代的观念，以及历史学家应该关注后者，因为只有在历史时代，他才能够核对证据。然而神话和历史之间并没有清晰的界限，因为人们仍然严肃地相信自己与神话过往不可分割，比方说，他们仍然吹嘘自己的城市是由某个神话英雄建造的，或者贵族家庭仍然声称自己是那些英雄的后代。尽管如此，最早的历史学家还是采取了与神话截然对立的立场，因此，希罗多德强调自己关注历史时代，而修昔底德认为希罗多德及其前辈们对过去的神话或诗化叙述所持的怀疑态度都不够，并由此提升了他自己标榜的准确性和客观性。

有作品存世的最早的历史学家是希罗多德，他继承并参与了起源于公元前6世纪伊奥尼亚（现代土耳其的西海岸）的希腊各城邦的一场理性革命，在那场革命中，思想家们开始用科学的方法考察自然世界，并开始以怀疑的态度调查现有的传统，包括一代代传承下来的对过去的叙述。赫卡塔埃乌斯在《族谱》一书的开头就明确表达了这种对过去的批判性态度："米利都的赫卡塔埃乌斯如是说——我写下这些文字是基于自己认定的真相。因为在我看来，希腊人的传说不计其数，荒诞不经。"（片段1）

希罗多德常常因为轻信而受到批评，但他很清楚，自己的任务是尽可能找到最真实的资料并加以权衡比较，而不是单纯地将一切信以为真："我的职责是报道我所听说的一切，但我并没有义务相信其中的每一件事情。——对于我的整个这部历史来说，这个评论都是适用的。"（7.152）[1]希罗多德称自己的著作为"*historiē*"，意思就是"调查"和"研究"，这个名词本身就突出了他作为调查者的个人身份：因此他整部著作都强调游历（他提到自己曾在希腊各地调查，这不足为奇，但他也去过意大利、埃及、俄罗斯南部、黎巴嫩，甚至幼发拉底河流域的巴比伦），与当地的专家聊天（如有必要会通过翻译），也亲自去察看风土民情（实地勘察）。

无论在古代还是现代，都有一些评论家受到修昔底德的影响，认为希罗多德愿意讲述那些不可思议和荒诞不经之事，这损害了他自称为真正的历史学家的可信度，但把科学历史学家与轻信的说书人（甚至说谎者）二元对立的做法太过简单粗暴。我们最好能认识到，希罗多德把辛苦的实证考察和理性分析相结合，

---

① 译文引自徐松岩译注，《历史》，中信出版社2013年版，第1258页。

本身已经是了不起的成就，特别是有鉴于当时初露头角的历史学家所能获得的资料极其有限，游历也危险重重。"历史之父"这一称号，希罗多德当之无愧。

希罗多德开宗明义的第一句话，就阐明了《历史》一书的范围和目标：

> 以下所表现的，乃是哈利卡纳苏斯人希罗多德调查研究（*historiē*）的成果。其所以要展示这些研究成果，是为了保存人类过去的所作所为，使之不至于随时光流逝而被人淡忘，为了使希腊人和异族人的那些值得赞叹的丰功伟绩不致失去其应有的光彩，特别是为了把他们相互争斗的原因记载下来。
>
> （1.1）[1]

"展示"（display）一词提醒我们，希罗多德和诗人一样，是对着希腊观众诵读自己的作品的（我们大概会更新这个词，说"以下所发表的……"）。[2]他的中心研究课题是希腊人和野蛮人之间的战争（即我们所谓的希波战争，公元前490—前479年），但他立即认可战争双方的伟大成就，以及把他们的记忆保存下来（另一个史诗主题）的重要意义。卷一至卷五跟踪记录了波斯帝国的扩张，

---

[1]　译文引自徐松岩译注，《历史》，中信出版社2013年版，第101页。

[2]　需要说明的是，徐松岩先生对"display"一词的翻译就是"发表"，但译者考虑到作者在此处的解释，改成了更符合作者原意的"展示"。

高潮是波斯两次入侵希腊，第一次由国王大流士领兵入侵（第六卷），公元前490年在马拉松惨败；第二次发生在公元前480—前479年，由大流士的儿子和继承人薛西斯一世领兵（第七至第九卷），入侵的规模大得多，最著名的战役包括陆地上的温泉关和普拉提亚战役，以及萨拉米斯海战。

在整部《历史》中，希罗多德使用了某些基本的解释模式，它们不仅让他庞大芜杂的叙事有了统一性，还宣传了他的作品的普遍适用性和重要价值。或许最基本的就是接替原则，也就是"人类的幸福从来不会长久驻留于一个地方"（1.5）[①]这一观念，希罗多德首先指出了曾经弱小的城邦如今变得强大，而曾经不可一世的城邦如今变得弱小（1.5）。第二个原则是傲睨神明必遭惩罚，最明显的例子就是无数希腊暴君和野蛮国王因行为过激而遭遇惨败，从卷一的吕底亚国王克洛伊索斯——愚蠢的野心导致他忽略了德尔斐神谕模棱两可的含义，神谕回答他说："如果克洛伊索斯进攻波斯人，他就可以摧毁一个大帝国"[②]（1.53——事实证明他摧毁了自己的帝国）——一直到愤怒的薛西斯因为自己所建的桥梁被海上的风暴所摧毁，下令痛笞赫勒斯滂海峡，并把一副脚镣抛入海峡之中，还吩咐烙刑吏给赫勒斯滂加上烙印（7.53）。最后，希罗多德在历代统治者和民族的兴衰中看到了一种基本的相互关系模式，也就是"以德报德""以怨报怨"，这种模式不仅推动了变化（成为互相做出正面或负面反应的动因），也因为这是众

---

① 译文引自徐松岩译注，《历史》，中信出版社2013年版，第106页。
② 同上书，第146页。

神支持的,从而建立了一种普遍的秩序感。

希罗多德在地中海沿岸各地及更远的地方游历之时,亲眼见到了形形色色的社会,它们有着各种各样的风俗律法(希腊语中的"*nomoi*"一词就包括"风俗"和"律法"两个意思),他非常敏锐地观察到,每个人都认为自己的文化是最优秀的(3.38)。既然意识到了风俗律法的多样性,希罗多德便十分谨慎,以免不尊重其他民族的律法和风俗,但这并未让他成为现代意义上的文化相对论者,拒不对文化发表看法,因为他也认为某些生活方式优于其他。他在分析希腊城邦联盟何以打败波斯帝国的强大军力时,就最有力地表达了这一点。因为风俗不光是文明生活的证据,也决定了一种文化的潜力,希罗多德认为,希腊的自由生活方式优于波斯的专制生活方式,这是希腊能够取得重大胜利的根本原因(见图5)。

这倒不是说希罗多德诋毁野蛮人——恰恰相反,以公元前5世纪希腊的标准来看,他有着异乎寻常的宽容和开明,并不认为东西方冲突是非黑即白的善恶之争,而把它看作一个有着不同文化价值观的谱系,其两端一边是专制,另一边是言论和行动自由以及法律面前人人平等。所以也会有贤明的外国统治者和糟糕的希腊统治者(暴君),但他分析希波战争隐含的结论,是希腊人为维护自由而战,而波斯试图实施独裁统治,希腊获胜是正义战胜了邪恶。在全书中有一处,希罗多德甚至让波斯人就君主政体、寡头政治和民主政体的相对优点展开了辩论(3.80—83),说明他们**选择**了专制政体,这个选择带来的结果是灾难性的,因为

图5 一只雅典红彩酒杯的内壁，由画家特里普托勒摩斯于公元前480年前后所绘，画面是一名希腊装甲步兵打败了一名波斯武士。注意波斯人的异族服饰（身穿条纹长裤），在古希腊观者看来，这样的服饰大概会显得颓废而古怪

他们的统治者恰恰败于独掌全权的典型恶行，包括妄想症、反复无常、无视宗法和风俗、侵犯女人、谋杀政敌等。

希罗多德兴趣极为广泛，与他相反，修昔底德的关注面较窄，只探讨政治、战争和经济，这种倾向对后来认为的真正的历史研究产生了极大影响，至少到20世纪之前一直如此。20世纪后，人们才开始重新关注社会史,把(比方说)性别和宗教纳入研究范围,使得历史学科重新回到了更倾向于希罗多德的视角。修昔底德的研究课题是伯罗奔尼撒战争,这场发生于公元前431—前404年雅典和斯巴达之间的战争以雅典失败而告终。修昔底德来自雅典的一个富裕家庭,本人就曾在那场战争中担任将军,后因未能在布拉希达斯统帅的斯巴达大军压境时保住希腊北方城市安菲波利斯,于公元前424年被雅典人流放。修昔底德在书中记述了自己的失败和流放,但也自始至终强调布拉希达斯高超的领兵能力(言外之意,输给布拉希达斯并不能证明修昔底德不通兵法),还说遭到流放让他能够从交战双方处收集证据,并非坏事(5.26)。修昔底德遭到流放或许还让他对在雅典政治家及领袖伯里克利死后上位的大多数雅典政客和将军充满蔑视,修昔底德最欣赏伯里克利,可惜此人在公元前429年死于瘟疫。修昔底德活到了战争结束,却未能完成对那场战争的记录,全书在讨论公元前411年的大事时,一句话未完便戛然而止。虽说如此,从现存的八卷本中仍然能够看出修昔底德对这场战争的整体构想,包括雅典失败的原因,他对"现实政治"(*Realpolitik*)阴谋和人在战争压力下的行为的分析,至今都是独一无二的。

　　修昔底德在古代就已经被尊为首屈一指的历史学家,现代人则称他是科学和客观历史学的创始人,他在著作的开篇段落便以这一形象示人,罗列出自己的研究方法,声称他对资料进行了准确彻底的考察,对历史原因有着深刻独到的见解,全然不同于前辈们粗制滥造的治史技巧。他们是"诗人"和"说书人"而非历史学家（1.21），（修昔底德声称）他们的目标是为了娱乐大众，而他自己的历史著作却是对过去的真正理解，有着永恒的价值：

> 我这部历史著作很可能读起来不引人入胜，因为书中缺少虚构的故事。但是如果那些想要清楚地了解过去所发生的事件和将来也会发生的类似的事件（因为人性总是人性）的人，认为我的著作还有一点益处的话，那么，我就心满意足了。我的著作不是只想迎合群众一时的嗜好，而是想垂诸永远的。

（1.22）^①

这一段落明确表示，修昔底德自信观众（或读者）会从他关于伯罗奔尼撒战争的历史中了解现实世界的规则。和史诗中一样，修昔底德笔下的战争也是人性的试验场，既表现了勇气、才智和坚忍不拔，也展示了自私、残酷和惨绝人寰。雅典人在公元前415—前413年试图入侵和占领西西里的后果是灾难性的，最终没有一位士兵逃过被杀或被奴役的结局，这就证明了一切战争都充满风险，如若过于自信，没有做到知己知彼，更是危险。武装冲突的恐怖在内战中尤为骇人，因为内战使一个社会内部反目为仇，这必将导致道德沦丧、社会崩溃。修昔底德对科西拉岛（如今的科孚岛）内战的记录，就对"人性"（这是修昔底德历史想象的一

---

① 译文引自谢德风译，《伯罗奔尼撒战争史》（上册），商务印书馆1985年版，第18页。

个关键元素）面对暴力和社会崩溃的压力作何反应做出了深刻的
分析：

> 在和平与繁荣的时候，城邦和个人一样地遵守比较高尚
> 的标准，因为他们没有为形势所迫而不得不去做那些他们不
> 愿意去做的事。但是战争是一个严厉的教师，战争使他们不
> 易得到他们的日常需要，因此使大多数人的心志降低到他们
> 实际环境的水平之下。
>
> （3.82）①

正如他写到了战争的荣耀和残酷，修昔底德也分析了帝制的
魅力和风险，他认为，帝制是人渴望权力和地位的必然结果。雅
典人最为直言不讳地为他们的帝国辩白："弱者应该屈服于强者，
这是一个普遍的法则。"（1.76）修昔底德还写到了伯里克利本人
曾为雅典大举征服其他希腊城邦和他们充满活力的帝国精神而
自豪（2.64）。然而修昔底德也明确指出了帝国固有的危险和动
荡，不光是因为它受到战争的不可预见性的影响，这是必须要赢
得和维护的，也因为它会激起恐惧和妒忌，正如（修昔底德如此分
析）雅典势力的扩张导致了斯巴达宣战。他还描绘了帝国的受
害者，米洛斯岛试图保持中立就是一例：雅典人把岛上的男人悉
数处死，把妇女和儿童掳来为奴。这个例子和其他类似事件都说

---

① 译文引自谢德风译，《伯罗奔尼撒战争史》（上册），商务印书馆1985年版，第237页。

明，人为了权力和优势而战或许是不可避免的，但权力一旦获得，也会被滥用。（米洛斯在公元前416年被毁之后，雅典紧接着就试图征服西西里而惨败，也是报应。）

修昔底德是一位保守的贵族，对民主心怀警惕：在提到公元前411年5 000位民选公民短期控制雅典城的寡头政治时，他说，"雅典人看起来国治家齐，至少在我有生之年，这倒是第一次"（8.97）。他让步说，当民主政治的领袖是一个人，即伯里克利时，它便可运作有序——"雅典在名义上是民主政治，但事实上权力是在第一公民手中"（2.65）——他认为伯里克利的继承者们破坏了这种人民与其优秀领袖之间的平衡，他们彼此争权夺利，目光短浅地诉诸民粹，在他看来，这些是导致雅典战败的主要原因。

然而虽然有着这样那样的偏见，修昔底德对领导力的分析仍然鞭辟入里：政治家需要智慧和远见，才能以良好的规划对意外情况（这是政治和战争的一个永恒特征）做出反应并避免灾难。所以，虽说我们应该抵制诱惑，不要把修昔底德关于公元前5世纪希腊历史的旷世之作当成权威，但必须承认，他的著作力求准确，并根据仔细观察（他是第一个为自己的时代撰写历史的人）、概率准则（所以，试举一例，他才能够重构出雅典将军在西西里决战之前会说些什么）以及对人的动机的全面但难免悲观的分析来解释历史，代表了历史编撰的巨大进步。

许多历史学家都曾在希腊化时期撰写历史（标准的现代版本罗列了850位历史学家），但没有完整的文本存世，不过其中最重要的人物波利比阿的著作却有很大一部分留存下来，他的主题是罗马在公元前220—前146年崛起，成为地中海世界的主要势力。在这段时期写作的历史学家中，没有谁能够无视罗马的大举扩张，波利比阿的目标乃是记录和解释罗马的成功。他既是为罗马人而写（罗马的政治精英都看得懂希腊语），也是为自己的希腊同胞而写，目的既是撰史也是说教，因为每一位读者都可以从他的记录中学到，是什么样的道德品质及何种政体促成了罗马的胜利。他有一整卷书（第六卷）都在记录罗马共和国及其政府机构，延续了希罗多德对不同政体（君主制、贵族/寡头政治和民主制）及其结果的关注，但希罗多德突出了君主政体的危险和民主的裨益，而波利比阿却认为罗马的三头政体利用了这三种政体形式的元素，是罗马获胜的主要原因，当然他还说，不可一世、所向披靡的罗马军队也必不可少。

不过值得一提的是，在罗马帝国发展的这一早期阶段，波利比阿就在自己的著作中强调了帝国成立后随之而来的腐败和堕落的危险（18.35, 31.25, 35.4）。罗马腐败和衰落的观念是罗马文学，特别是罗马历史编撰的一个主旋律。促成这种叙事的原因有好几个：罗马的权力异常庞大；罗马文化的传统性质强调"宗法"（*mos maiorum*），对新生事物持怀疑态度；还有很重要的一点是，共和国因内战走向毁灭并沦为独裁。

希腊历史编撰对罗马人的影响巨大，第一位罗马本土历史学家法比乌斯·皮克托写作的时间在公元前3世纪末，他甚至用希腊语写作，他早期的继承者们也是如此。第一位用拉丁语散文体撰写罗马历史的作家是老加图，我们曾在第一章讨论过他，说他支持脚踏实地的罗马风格，反对老于世故而过于精明的希腊人。老加图在公元前168年左右开始写他的《创始记》，前149年去世时，仍笔耕不辍。虽然只有片段存世，但我们已经能够在《创始记》中看到罗马历史编撰的许多独一无二的特征了。

　　第一，如书名所示，老加图的著作讲的是罗马和意大利"从一开始"直到他自己时代（老加图本人就是他故事中的一个人物）的故事，这成为广受罗马历史学家欢迎的形式，他们往往从传说中的埃涅阿斯到达意大利（法比乌斯·皮克托和老加图就是这么写的），或者从罗慕路斯和雷穆斯在公元前753年建立罗马城之时开始讲。第二，关于早期罗马史的书面资料完全缺失，因此在写到这一时期时，老加图的依据是民间记忆和"历史神话"，并改写它们，以适应自己的时代。这并不是说罗马历史学家不追求真相——那显然一直是他们的理想，而且罗马历史学家们一直声称自己摆脱了偏见——但他们在寻找可靠资料，特别是早期资料时面临着巨大难题，也很少质疑先前历史著作的准确性，那通常是他们撰史的依据。因此对他们而言，撰史固然要在元老院的档案馆里长时间埋头苦读，也同样需要（在很多情况下是更需要）依赖诗歌和修辞。第三，老加图认为历史应该传授有用的教训，历史的道德和说教性质是罗马文化的突出特点。因此罗马历史学家往往会关注能够从过去的典型人物和事件中学到什么，不论那些人物是正是邪，事件是好是坏。与此相关，老加图还强调公共利益，他不单独讨论个别的执政官和指挥官，而是略过他们的个人功绩不提，转而强调他们为罗马所做的贡献。

第一位有完整著作存世的罗马历史学家是撒路斯特，他的《喀提林阴谋》和《朱古达战争》都写于公元前1世纪40年代末，采用了专论的形式，探讨近代史上的独立事件：罗马贵族喀提林于公元前63—前62年密谋颠覆共和国而败露，以及公元前110—前104年罗马与北非的努米底亚国王朱古达的战争。撒路斯特在两场斗争中看到了罗马统治精英中普遍存在且无可救药的腐败迹象，他们对财富和权力的痴迷正在腐蚀公共生活，导致他们（除了其他危险行为之外）误用了罗马军队（如在《朱古达》中），或利用穷人的铤而走险（如在《喀提林》中），来实现自己个人的野心。虽然他的作品有着相当先验图式的说教，但撒路斯特尖刻的文风和对罗马强权政治的清醒分析广受青睐，他对最深刻的罗马历史研究者塔西佗产生了巨大的影响。

撒路斯特曾在公元前1世纪40年代初在内战中为凯撒而战，碰巧，另外两部绝无仅有的从共和国时代完整留存至今的"历史"著作，就是凯撒本人的《高卢战记》和《内战记》。在七卷的《高卢战记》中，凯撒记述了他征服高卢的过程（公元前58—前51），包括在公元前55和前54年两次远征不列颠，第二次曾迫使赫特福德郡那些长发的游牧部落之王卡西维劳努斯向他进贡。凯撒把征服高卢描写为正义之战，是高卢各部落为了击退来自彼此或来自日耳曼侵略者的进攻主动要求他来的，以此来掩盖他的真正目的，即为了增加战斗资金（用于在罗马国内贿赂收买）和为不久后的政治斗争训练兵团。他关于内战的三卷本著作强调自己爱国、仁慈和渴望和平，说自己是共和国及其传统的保卫者，与元老院的政敌们刻画的危险革命者的形象截然相反。他通篇提到自己时都用第三人称（"得到这一消息，凯撒命令军队前进"等），创造了一种客观的姿态，但事实上却突出了自己的权威和韬略。

显然，凯撒的两部著作都更像宣传而非历史，但时至今日，我们仍然很难看到有哪一位将军或政治家的回忆录不用大量篇幅为自己辩白。这些文本或许受到了凯撒政治野心的影响，但仍然十分引人入胜，因为它们揭示了整个古代世界最有影响力的人物之一的战略战术，何况那还是欧洲历史上最动荡、最残酷的时期之一。凯撒平实直白的文风主要是为了诱惑读者相信他对那些事件的讲述是未经修饰的真相，却也让他成为数个世纪以来孩子们学习拉丁语的痛苦之源——要是他们还记得那些课本，就一定知道"高卢全境分为三部分……"（1.1）——现代人之所以认为罗马人冷酷无情、穷兵黩武，在很大程度上归结于此。

与撒路斯特和凯撒关注近代或当代历史的具体事件不同，李维那部142卷的浩瀚巨著——《建城以来史》，涵盖了从罗马的起源一直到公元前9年的整个罗马史。只有35卷留存了下来：1—10卷（公元前753—前293）以及第21—45卷（公元前218—前167）。李维对手头的材料采用逐年纪事的方法，越接近他自己的时代，涉及的细节越多，因为他有更多的文字资料可用：因而到第21卷，也就是罗马与汉尼拔交战之时（公元前218年），他已经写了足足500多年的历史。和波利比阿（李维的主要信源之一）一样，李维的目的也是要为罗马势力的扩张写一部编年史，并说明是何种德行和品质巩固了它的成功。李维在前言中明确指出历史研究的目的和价值：

> 在认识往事时，尤其有利而有益的在于：你可以注意到
> 载于昭昭史册中各种例子的教训，从中为你和你的国家吸取
> 你所应当仿效的东西，从中吸取你所应当避免的开端恶劣和
> 结局不光彩的东西。

（前言10）①

    把历史写成各种正面和反面事例，听来着实单调无趣，而李维的说教性巨著并不乏味，这要多亏他是个讲故事的高手，能够创造出令人信服的人物和戏剧化的叙事。李维讲述的很多罗马历史故事都是他的读者非常熟悉的，从英雄主义到自我牺牲的著名片段（例如贺雷修斯·科克勒斯守卫台伯河上的桥梁）到暴君的残酷行径（例如卢克雷提娅被强奸，导致君主制被废以及罗马共和国成立）——但它们在他的笔下充满悬念、引人入胜，罗马人喜欢他的戏剧化历史文风大概相当于我们喜欢阅读历史小说家希拉里·曼特尔或威廉·博伊德的功绩，而李维还有额外的功绩，他保存了很多历史细节，如若不然，它们早就佚失在历史的长河中了。

    李维后来的著作没能保存下来真是巨大的遗憾，因为看看他怎么写奥古斯都及他自称共和国的复兴者一定十分令人着迷。有一点很清楚，那就是从共和制到元首制（principate）——

---

    ①   译文引自穆启乐译，《建城以来史》（前言·卷一），上海人民出版社2005年版，第21页。

princeps 意为"第一公民",是表示皇帝的绝对权力的委婉语——的转变对历史撰写产生了深刻影响。在奥古斯都的继任者提比略的统治下,历史学家克莱穆提乌斯·科尔都斯因为撰写了亲共和国的内战史而被控叛国罪:胆怯无能的元老院谴责克莱穆提乌斯,他的书被焚烧,而他本人绝食而死(公元25年)。相反,倾向于帝国的历史学家和道德家如维雷乌斯·帕特库鲁斯和瓦勒里乌斯·马克西姆斯的作品则毫不掩饰对提比略的谄媚奉承,他们对当权派的坚决支持也能解释为什么帝国体系能够维持那么长时间。不过所幸有一部对元首制的批判性记述保留了下来,它的作者是罗马有史以来最伟大的历史学家。

塔西佗于公元2世纪初在图拉真和哈德良的统治下撰写了自己的历史著作《历史》和《编年史》,但他很明智地没有写到当代史,到那时,这么做已经非常危险了,除非能够昧着良心阿谀奉承。相反,他的《历史》写的是公元69—96年这一段时期,从尼禄之死和"四帝之年"(加尔巴、奥托、维特里乌斯和韦帕芗)一直到专制的图密善之死。塔西佗描述了内战的混乱和另一个帝国王朝靠血腥杀戮的兴起:韦帕芗和他的两个儿子提图斯和图密善。但对帝国制度及其对皇帝和臣民两方面的影响最深入、最有批判性的描写却是在《编年史》中,它写于《历史》之后,涵盖的却是较早的朱里亚-克劳狄王朝时期,从提比略登基到尼禄自杀。

《编年史》现存的卷本中提到的三位皇帝,每一位都有着不可救药的缺陷:提比略奸诈虚伪、暴虐成性;克劳狄一世生性懦弱,妻子不贞,还是个学究;尼禄是个弑母的疯子,喜欢炫耀凭空想象出来的表演、唱歌和战车比赛天分。(遗憾的是,描写堕落而残暴的卡利古拉皇帝的卷本佚失了。)多亏了塔西佗,如今每当我们想起罗马帝国,眼前就会出现罗马被烧时,尼禄弹琴——或者更准确地说,和着里拉琴唱歌——的一幕(《编年史》15.39)。然而除了生动地为疯狂的独裁者画像之外,塔西佗也强烈指责了他的统治阶级同僚,认为正是他们的奴颜婢膝纵容了帝王的残暴任性。塔西佗一开头描述提比略登基时这些人作何反应的段落,就是整部作品的代表性内容:

> 但这时在罗马,执政官、元老和骑士都在争先恐后地想当奴才。一个人的地位越高,也就越是虚伪,越是急不可待地想当奴才;他需要控制自己的表情:既不能为皇帝的去世表示欣慰,又不能为一位皇子的登基表示不当的忧郁。他流泪时要带着欢乐,哀悼时要带着谄媚。
>
> (《编年史》1.7)①

他们如此没有骨气,连皇帝本人也感到恶心:

> 人们传说每次在提贝里乌斯离开元老院的时候,他总是习惯于用希腊语说,"多么适于做奴才的人们啊!"看起来,甚至反对人们的自由的这个人,对于他的奴隶的这种摇尾乞

---

① 译文引自王以铸、崔妙因译,《塔西佗〈编年史〉》(上册),商务印书馆1981年版,第7页。

怜、低三下四的奴才相都感到腻味了。

(《编年史》3.65）[1]

因此我们说，虽然塔西佗哀叹共和制自由的丧失（特别是对像他这样的元老院成员而言），他还没有天真到忘记了导致共和国崩溃的政治野心和派系斗争，他知道，如果随之而来的是内战，专制是不可避免的。然而正如"四帝之年"表明的，元首制本身并非不打内战的保证，帝制的罗马仍然饱受着导致其走向帝制的野心、腐败和暴力之苦。

在《编年史》开头，塔西佗提出了历史学家一贯的公正宣言，说他探讨奥古斯都以降的历代帝王时，"既不会心怀愤懑，也不会意存偏袒"（*sine ira et studio*, 1.1）[2]。但他个人坚信元首制必会导致统治者和被统治者双方的堕落，这在他的整个叙事中时时有所体现。因而在古代历史学家中，塔西佗与希罗多德比肩而立，因为他有着深刻的认识和洞见，以此分析了专制政府形式对个人和社会两方面的破坏。他在后代撰史或生平传记中无人可比。因为只关注一个人，尤其是此人的性格和对权力的使用，生平传记成为帝国制度下备受欢迎的文类。塔西佗对那个帝国的回应不仅成为历史叙事的一部杰作，也证明了即便在政治镇压面前，真相也从未曾丧失过一丝一毫的力量和意义。

---

① 译文引自王以铸、崔妙因译，《塔西佗〈编年史〉》（上册），商务印书馆1981年版，第186页。译文中的"提贝里乌斯"即提比略。

② 同上书，第2页。

第六章

演 说

言之有物、言之成理的演说技巧在每一个人类社会都必不可少，在希腊和罗马社会，能言善道一直是一项了不起的技能。本章将考察演说何以在古典世界如此重要，以及它如何不断发展，以满足演说者和观众不断变化的需求。有效的交际所依赖的规则和技巧在古代世界被称为"修辞"，从公元前5世纪以后，学习修辞术一直是希腊人和罗马人高等教育的重要支柱。严格说来，我们这里关注的是演说而非修辞，也就是说，我们关注的是现存的演说词，而不是它们背后的技术规则，虽然出于不言而喻的原因，此二者密不可分。演说或许是我们这个时代最不看重的一个古代文类了，似乎受到了政客等种种人士"修辞"（带有贬义的）的玷污，但这个文类中包含了希腊语和拉丁语散文的某些最佳典范，而现存的演说词也阐释了希腊和罗马社会的许多基本特征。

早在技术论文和正式培训出现之前很久，早期希腊史诗中就已经提到了演说的重要性，因为荷马理想中的英雄就既是"实干家"，也是"演说家"。但演说繁荣发展成为一种为说服大众而不可或缺的主要形式，却是在公元前5世纪的西西里和雅典等民主城邦。无论在民主集会上还是在法庭上，演说者的成功取决于他说服大多数同侪为自己投赞成票的能力——这里的代词绝对是"他",因为女人被视为政治和法律上的"次要群体"。(集会有数千人参加,而每个雅典陪审团包括几百位公民,具体数字取决于案件类型。)雅典这样的民主社会对个体公民的言论自由权利极为自豪,但要享受这项自由,就必须承担起直接参与政治和在法庭中代表自己的责任,不过如有必要,也可以请一位演说撰稿人帮忙。由于(在某些案件中)演说者的生命或生计悬于一线,又没有法官或专业律师引导舆论,一个人赢得广大听众赞同的能力就显得至关重要,难怪现存的政治和法律演说词每一篇都慷慨激昂,动之以情,晓之以理。

　　和现代民主社会一样,在为言论自由而自豪的同时,他们也会对那些油嘴滑舌的空谈者充满疑虑,并为毫无原则的如簧巧舌而深感不安。民主的批评者们,例如保守的修昔底德或反动的柏拉图,都曾指出民众(*dēmos*)总会被利己主义的演说者(或煽动民意的政客)动摇,但雅典人在明智地权衡利弊之后,觉得为了政治平等,付出被骗的代价也是值得的。或者说我们总能指出这样的问题:高超的修辞技巧会说动陪审团宣判被告无罪,即便案情的事实证据指向被告有罪,但时至今日仍是如此——我们都知道,一位出色的律师能够左右结果,以及还是必须要说服陪审团或法官。柏拉图反对民主修辞的怪异做法无人理睬,而对希腊演说最有影响的分析,是由柏拉图那位实用主义的学生亚里士多德撰写的,他认识到了这一文类在公共生活中正当合理的作用。正是从亚里士多德那里,我们知道了把演说分为三大类这个简略但有用的做法,这三大类分别是政治演说、诉讼演说和典礼演说。①

政治演说通常是面对政治集会所做的,或许可比现代的议会演讲。古代世界没有政党,政治是由个人推动的。谁也不知道辩论的具体走向如何,因而成功的政治演说家需要即兴演讲的能力。关键事实和段落可以默记在心,但如若不能够当场快速做出反应,演说者的政治生涯就不会太长久。由于原告和被告都是代表自己演说的,诉讼或法庭演说者通常是外行,(如果能雇得起的话)要依靠一位专家来为自己写演说稿,而衡量专业演说家技巧的一个必要尺度,就是看他能否在演说中为自己的客户创造一个角色,帮助他赢得诉讼。在法庭上不能念稿,因此演说者必须依靠记忆,但同样,一位技巧高明的演说稿撰写人应当可以创造一种即兴演说的假象。法庭也是政治宿敌的舞台,对各种各样的欺诈和行为不端的指控满天飞,优秀的演说家总有用武之地。最后,炫耀式演说或典礼演说出现在社会生活的重大事件中,最庄严的要属葬礼演说这一门类,在葬礼上,城邦对那些为保卫它而献出生命的公民给予无上的光荣。这类演说明确维护了演说者和听众共同的价值观,强化并赞美了他们共同的身份。

下面来考察一些例子。吕西亚斯的题为《论埃拉托色尼的谋

① 译文引自罗念生译,《修辞学》,生活·读书·新知三联书店1991年版,第30页。罗念生先生在译文中注释如下:"政治演说"原文意思是"审议式演说"(deliberate oratory),演说者在这种演说中对政治问题加以审议,提出劝告,这实际上就是政治演说。这种演说在公民大会上发表,听众为公民。"诉讼演说"(forensic oratory)指法庭上的控告与答辩,听众为陪审员。"典礼演说"原文意思是"炫耀式演说"(display oratory),这种演说用于典礼场合(例如泛希腊宗教集会),多数用书面形式发表,少数当众发表,演说者卖弄才华,讲究风格,"听众"为一般人或阅读者。

杀》的法庭演说词是流传下来最迷人的演说词之一,盖因其中充满了古代雅典家庭日常生活的细节。被告尤斐利托斯因为杀死了公民埃拉托色尼而受到审判,但(他辩解说)他当场抓住了埃拉托色尼与他的妻子通奸①,有理由当场杀死埃拉托色尼。这篇演说词是历史学家梦寐以求的珍品,因为它展现出大量社会和法律问题,从对女性行为的管制以及对通奸和合法子嗣的关注,到雅典房屋的形状和布局。但它的文学技巧也非常出色,吕西亚斯看似简单明了的文风为演说者创造了一个角色,对赢得此案来说简直无懈可击。比方说在这里,尤斐利托斯描述了妻子可疑的行为和他自己无辜的反应:

> 过了一阵子,先生们,我意外地从乡下回家了。晚饭后,孩子开始哭号,这是因为女仆故意折磨孩子让他哭闹,因为那个男人就在我家里——这些都是我事后才知道的。我就让妻子去给孩子喂奶,让他别再哭了。她先是拒绝,那样子就像是很高兴在分别这么久之后又见到我回来了。后来我生气了,命令她去,她说:"哦,可不是嘛,这样你就能在这儿跟小妖精女仆亲热一番了! 你以前喝醉之后就抓住她不放呢。"

> (吕西亚斯,1.11—12)

这里的叙事把尤斐利托斯塑造成了一个天真轻信的人,而他的妻

---

① 原文为拉丁语: *in flagrante delicto*。——编注

子却欺上瞒下，让家里的仆人与主人反目，甚至利用嗷嗷待哺的婴儿来进一步满足自己的情欲：这里说的每一个字，目的都是在由雅典男性公民组成的陪审团中引发最大的愤怒。

尤斐利托斯巧妙构思的平实语言让我们看到了一个诚恳老实、不太聪明、说话直率的人，但他的风格也可以升华，带上一股庄严的语调，比方说当被告回忆起他对奸夫说的最后几句话时：

> 他本人对罪行供认不讳，但他苦苦哀求，恳求我不要杀他，而是索要一笔钱私了。但我回答他说："不是我要杀你，而是城邦的法律不容，你践踏法律，把它看得还不如自己的情欲重要，宁愿对我的妻子和孩子犯下如此丑恶的罪行，也不愿奉公守法，体面做人。"

（1.25—26）

这是个极其高明的策略，利用了雅典陪审团对自己的法律体系以及它优于仇杀暴力的自豪感。通过对陪审员们宣称"我没有杀死埃拉托色尼，是你们的法律杀死了他"，尤斐利托斯呈现出的自我形象不是个预谋已久残忍复仇的愤怒丈夫，而是雅典人法律的正义之剑，当场代表雅典人对罪犯执行了处罚。

德摩斯梯尼在古代即被认为是最伟大的希腊演说家，他努力激励和建议雅典人拿起武器抵抗马其顿的腓力二世的崛起，最终成就了几篇有史以来最精彩的演说。公元前351年，德摩斯梯尼发表了第一篇被恰如其分地命名为《反腓力辞》的演说，他在其中时而激励雅典人回忆自己光荣的过去（或以此来羞辱他们），时而尖刻地批评他的听众如今这副胆小如鼠、慢慢吞吞的模样：

> 雅典人啊，你们有无可匹敌的资源，战舰、步兵、骑兵、税收，应有尽有，但时至今日，你们从未曾合理地利用过这些，你们对腓力二世的战争就像野蛮人打拳击赛。野蛮人每次挨打，总会用手去抓被打之处；然后另一侧被打，他又是用手去抓挠：从不知道也不关心防守，也不知该如何直面对手。

> （《反腓力辞》1.40）

像未经训练的外国拳击手一样，雅典人的士兵被腓力牵着鼻子走，一点儿也没有先计后战的谋略。不足为奇，德摩斯梯尼所有关于马其顿崛起的演说都把德摩斯梯尼本人描述为一个在反对暴政的战争中为自由振臂高呼的大无畏斗士。我们知道他的呼吁徒劳无益，雅典人最终还是屈服于腓力及其子亚历山大大帝（以及其继承者）的君主制，于是这些演说词就有了一种发人深省又令人黯然的气质，仿佛是为民主的终结书写的祭文。

罗马精英阶层的成员们熟读雅典演说家的演说词，那是他们所受教育的一部分，在很大程度上，这一教育关注的是那些能够培训罗马公民，让他们在未来的公共生活中挑起大梁的修辞典范。同撰史一样，老加图在罗马演说的初期扮演了重要角色，不过他的演说词只有片段存世。虽然他懂希腊语，但还是坚持在雅典人的集会中用拉丁语演说，证明拉丁语才是当时地中海世界的主要语言。关于如何做一个言之有物的演说者，他著名的建议言简意赅："把握题目，话语自然从之"（*rem tene, verba sequentur*），这一建议建立在絮絮叨叨、巧言令色的希腊人，直言坦率、没有废话的罗马人这一对比之上——这是老加图为了自己的政治目的颇为擅长之事。现存的演说词片段表现了他简洁有力的文风和合乎时宜的主题："盗窃私人财务者锒铛入狱；公贼却穿金戴紫。"（《演说词》片段224）

　　和希腊一样，能言善辩也是罗马一切公共生活领域的基本技能，在法庭和政治集会（无论是对着集会公众还是只有少数人参加的元老院演讲）上尤其如此，但在军事、外交和宗教场合也一样重要。在法庭演说领域，罗马的做法与希腊有所不同，它允许一位辩护人代表某人讲话，这样的演说者必须是罗马社会有头有脸的人物（或者必须给人以这样的印象）。但该辩护人的角色也是不断变化的，所以罗马最伟大的演说家（也是共和国时期唯一一位有完整演说词保留下来的演说家）西塞罗总是为了某个具体场合的需要变换自己的角色，比如说，他在《反庇索》中是个义愤填膺的传统卫道士，反对的东西太多，包括军事无能、省府腐败、道德败坏以及糟糕的（伊壁鸠鲁式）哲学，而在《为凯利乌斯辩护》中又是个具有长者风范的辩护人，用"孩子终归是孩子"这类的经典"论调"为他的当事人放荡无耻的生活方式辩护，把后者描述成一个无辜受害者，受到了不道德的年长女人的诱惑。西塞罗审时度势的能力远近闻名，以至于卡图卢斯一语双关，说他是"*optimus omnium patronus*"（第49首），意思既可以是"所有人中最好的辩护人",也可以是"最好的'所有人的辩护人'",也就是只要能推进自己的事业,可以毫无原则地代表任何人的演说者。

在前一章,我们谈到历史学家撒路斯特写过罗马贵族喀提林推翻共和国的阴谋落败的故事。西塞罗认为自己在公元前63年担任执政官的最后几个月里参与挫败了喀提林的阴谋,乃是他政治生涯的顶峰(见图6)。虽然五年后西塞罗因为未经审判而处决了某些共谋者从而遭到流放,但他从未停止过美化自己的行为或为之辩护,甚至写了一首诗来称颂自己的执政官生涯,这首诗还有零星片段存世(当然,它们也有可能是对原诗的戏仿,后者在出版时曾遭到嘲笑),其中最直白的一句是:"啊,在我做执政官

图6 《西塞罗谴责喀提林》,切萨雷·马卡里,为意大利共和国参议院而作(1888)

的日子里，罗马共和国是何等的荣幸！"（*O fortunatam natam me consule Romam*）

所幸，西塞罗的演说才能要高明得多，他的四篇喀提林演说都是原演说词的修订版本，是西塞罗在公元前60年写成文字，为他三年前备受争议的行为辩护的。它们生动地描写了导致共和国最终毁于内战的派系斗争和暴力，修辞华丽而直白：西塞罗是祖国无私的守卫者，喀提林是奸诈邪恶的敌人，罗马本身也被拟人化，恳求喀提林还她以安宁。（1.18）西塞罗单方面的分析或许没有触及导致他那个时代野心和动荡的潜在的制度弱点，他的自我陶醉也令人厌烦，但他试图以自由和国家安全的名义为处死共谋者辩护的做法，至今仍不乏现实意义。

公元前56年，也就是西塞罗结束流亡生涯回国的第二年，西塞罗发表的法庭演说《为凯利乌斯辩护》，让我们看到了西塞罗演说天才的另一面。他的当事人马尔库斯·凯利乌斯·鲁弗斯被控煽动暴力，但西塞罗在演说词中完全回避了涉及埃及外交官出任罗马大使时被暗杀的严重指控。相反，他把全部焦点集中在克劳狄娅这个人被暗杀的事件上，克劳狄娅是原告的证人之一，声称凯利乌斯曾从她那里借钱购买毒药。避免陷入冗长的法律细节是一回事——众所周知，德摩斯梯尼就很善于省略这些细节，因为他知道这些会让观众感到腻烦——但像西塞罗这样全然无视真正的指控就是另一回事了：相反，他竭尽全力把克劳狄娅刻画成一个荡妇，说她曾与自己的亲哥哥克劳狄乌斯乱伦，而这位克劳狄乌斯碰巧就是赞成流放西塞罗的提案的人，当然这很可能并非巧合。在西塞罗事件陈述的版本中，克劳狄娅诱惑了天真无邪的年轻人凯利乌斯，但他最终因为厌倦而离开了她，于是这位遭到冷落的情人就出击报复了。

如果诸位觉得这样的桥段耳熟，那是因为这些的确是我们熟悉的，西塞罗故意把自己的演说构思成一出娱乐大众的戏码，混合了悲剧、喜剧和滑稽剧的台词，为的是娱乐和误导观众。于是乎，克劳狄娅就被比作惨遭拒绝而复仇心切的美狄亚，西塞罗对比了罗马喜剧中两位父亲的反应（一位严厉而乏味无趣，另一位宽厚且充满同情）来为凯利乌斯的年少气盛开脱，所谓的下毒桥段则变成了一场闹剧，其中还有设置在公共浴室里的打闹剧场景。西塞罗在此处和其他地方巧用幽默，打破了他是个夸夸其谈的饶舌者这一不公平的名声，他的喜剧性误导策略最终奏效了，凯利乌斯被判无罪。（凯利乌斯在即将到来的内战中讨巧地支持凯撒，却因公元前48年参与反对凯撒的叛乱而被杀。）

西塞罗的政治演说，包括他反对马克·安东尼的《反腓力辞》（这个题目会让人想起德摩斯梯尼捍卫希腊自由的演说），是用演说来影响罗马政治生活的最佳也是最后一篇典范。西塞罗于公元前43年12月被安东尼的手下杀害，他的头和双手被砍下后钉在广场的演说讲坛上，象征着随着共和国制度继续沦为独裁，自由政治演说的时代也结束了。在元首国治下，演说仍然是教育和公共生活的重要组成部分，无论在拉丁语社会还是在希腊语社会，无论在法庭上、当地议会还是各种民间场所；擅长表演的演说家在整个帝国都享有盛名和威望。但政治自由的丧失让人们付出了沉重的代价。

　　小普林尼的《颂词》是他于公元100年在元老院发表的感谢图拉真皇帝"选举"他为执政官的演讲的增补版本，为尽赞美皇帝之义务，他把这位皇帝与暴虐的前任图密善进行了鲜明对比："我们不应把他奉为圣人或神祇；这里所说的不是一位暴君而是一位公民同胞，不是一位君主而是一位人父。"（2）在这里，小普林尼暗示，权力不再需要阿谀奉承——这是长达81页的一篇颂文中最值得关注的看法。所有现存的用拉丁文写成的皇帝颂词，虽然读起来令人作呕，但它们都是珍贵的资料，揭示了帝国制度如何使用权力，并促使我们自问，如果处在专制政府统治下，我们又会有怎样的言行。

　　因此，虽然修辞的技巧在古代受到批判，人们也意识到演说（和其他技能一样）可能会被滥用，但古代人同时也看到了它是公共生活的一个重要组成部分，言论自由的理想之所以宝贵，一个重要原因就是它始终面临着种种威胁。最后，如本书其他章节中讨论的文类一样，演说在各类文学文本中的突出地位也同样显示了它在社会中的基本作用，它的影响几乎触及每一种古典文学文类，从（例如）史诗、戏剧和历史中的大段演讲，到讽刺作品中的高度修辞化的表演。

第七章

田园诗

本章将探讨田园诗在希腊化时期的埃及亚历山大港这座大都市的创作,阐释这个文类的文学造诣及所抒发的对乡村简朴生活的怀旧之情,如何吸引了在城市居住的有学问的诗人及其读者。我们还将考察这个文类在罗马经历了怎样的转变,因为随着当代政治和内战进入乡村世界,那里作为逃离或替代城市生活的世外桃源的可能性也一并土崩瓦解。不出所料,在一个基本上以农业为主的社会,诗人们总会写到乡村,忒奥克里托斯在公元前3世纪初写于亚历山大港宫廷的作品正式确立了这个文类,但早在那以前很久,希腊文学就已经出现了田园的元素。比如说我们在本书第二章曾看到,早期史诗诗人赫西俄德在他的教谕作品《工作与时日》中,就把乡村描述成一个诚实劳作的地方;而强调乡村是一个美丽和宁静的所在,作为田园诗这种文类的标志之一,早已出现在"*locus amoenus*"(意即"乐土")这一古老的主旋律中,这一旋律贯穿了自荷马以降的整个希腊文学,特别是《奥德赛》中描写的法伊阿基亚人和独眼巨人拥有的肥沃土地、迷人的卡吕普索和基尔克的岛屿,以及奥德修斯日思夜想的伊萨卡岛。

不过虽然忒奥克里托斯不是第一个写乡村生活的作家,他却是创作了主题为"牧歌"("bucolic song",希腊语 *boukolos* 的意思是"牧牛郎")——也就是说,他关注的主题是牧人在乡村场景中的音乐表演——的组诗的第一位诗人,因而确定了他田园诗创始人的地位。忒奥克里托斯的作品涉猎广泛多样,八首田园诗只是其中的一部分,但它们一直是他最受欢迎也最有影响的作品。因此,古代人把他所有的诗歌都称为"田园牧歌"(或 *eidyllia*,意为"小插曲"),但正是因为这个词被用于田园诗,才使得 idyll 或 idyllic 在现代英语中有了乡村美景和宁静空间的意思。牧牛郎、绵羊倌、山羊倌表演或比赛音乐和歌曲这些在我们看来充满古意的场景,就是从古代世界的现实中取材的。在那里,孤独的牧人靠唱歌或吹奏木笛来打发无聊的时光,如果在山上遇到一个劳动者同伴,他们大概也会一起吹奏或歌唱,或者互相比试。因此,忒奥克里托斯的诗作是建立在乡村生活真实特征的基础上的,但把它极大地风格化和理想化了,如此创造出来的田园世界在很大程度上是人为的、虚假的。因为不同于赫西俄德对辛苦的农业劳动的写实主义记述,这些田园牧歌中的人物更关注如何炫耀自己的音乐才能,或悲叹得不到回应的爱情(二者往往合而为一)。

忒奥克里托斯使用史诗的格律来描写与英雄无关的内容——说着土气的多利安方言的牧人,有时甚至还用下流的语言打趣——创造了一种艺术化的失谐效果,旨在用它的独创性和技巧取悦世故的亚历山大港读者。此外,最终的效果并非嘲笑这些"乡巴佬",而是分享他们对诗和歌曲的巨大享受。第一首的开头

几行就明确传达了这一主旨，绵羊倌塞尔西斯对一位没有名字的
山羊倌说：

塞尔西斯

山羊倌啊，那棵松树的低语是如此甜美的音律

每到春天便会响起，还有你美妙的牧笛

当是仅次于潘神的妙韵。

要是潘神选了那只荣耀的公山羊，你会得到母山羊作为

奖励。

要是他选择母山羊作为第一名的奖品，

你会得到羊羔，产奶之前的小羊羔肉质鲜美无比。

山羊倌

绵羊倌啊，你的歌声比那从高岩上

倾落的潺潺水声更加甜美。

如果缪斯把母绵羊给了泉水作为奖品

你会得到一只肥美的羊羔，

要是泉水觉得羊羔不错，那只母绵羊就归了你。

（第一首，第1—11行）

换句话说，正如赫西俄德的《工作与时日》和维吉尔的《农事
诗》只是貌似写到农业（见第二章），忒奥克里托斯的田园诗与其
说写的是山羊或羊羔，毋宁说更关心诗歌及其在诗歌传统中的地
位，不管那些羊是多么珍贵的奖品。这样的"元诗歌"，也就是对

诗歌本身的创作及其价值的诗化思考,在其他古代文类中也有出现(例如在抒情诗、喜剧、爱情哀歌或讽刺文学中),但它对田园诗尤其重要,因为诗中的乡村劳动者同时也是诗歌的创作者。

这一点在题为《丰收节》的第七首诗中体现得最为明显,这首诗的叙述者希米奇达斯本人就是田园诗的创作者和表演者。这首诗讲述了希米奇达斯数年前曾在科斯岛上遇到了山羊倌利希达斯。他们还未比试歌唱,利希达斯就承诺把自己的牧羊棍送给希米奇达斯作为奖品:

> 我要把我的牧羊棍送给你,因为你
> 是宙斯独为真理创造的一棵幼苗。
> 我痛恨那些盖房子的人,企图
> 跟奥若梅顿山的顶峰一比高下,
> 还有缪斯的那些公鸡,总是徒劳地耗费体力
> 跟希俄斯的吟游诗人荷马唱对台戏。

（第七首,第43—48行）

忒奥克里托斯在这里呼应了他同时代的亚历山大里亚派诗人卡利马科斯的审美,后者偏爱博学的小篇幅诗作,因而也抵制夸夸其谈、学荷马史诗学得不伦不类的作品(见第一章)。此外,利希达斯把自己的牧羊棍作为礼物,这样的场景会让读者忆起从前那些诗学上的指引,像赫西俄德在赫利孔山上放牧羊群时,缪斯出现了,给了他灵感,让他成为一名诗人(《神谱》,第22—34行)。

文学宣言与希米奇达斯成为一名诗人的授衔仪式相结合，让许多人把叙述者理解为忒奥克里托斯本人的象征，但事情没有这么简单，这里也幽默地捉弄了希米奇达斯一下，他神气十足地以田园"诗人"自居，恰与山羊倌利希达斯真正贴近乡村及其传统形成了鲜明的对比。

田园诗还将乡村生活的朴素和真实与都市生活的世故和伪装进行了更加宏观的对比，虽然悖论是，这一对比是由居住在城市的诗人通过博学的诗歌为自己和读者表达出来的。利希达斯与乡村世界的联系更加令人信服，就是这一对比的微观体现。田园诗于城市扩张时期在最绚烂繁华的希腊化城市亚历山大港发展起来，也并非巧合。我们的脑海中会涌现出现代时期类似的例子：德国浪漫派的自然哲学（*Naturphilosophie*），以及他们通过柯勒律治对华兹华斯和其他湖畔诗人的影响，这一切都是在欧洲北部工业革命最繁荣的时期（约1760—1820）发生的。如此说来，把乡村世界作为逃离都市生活的避风港这一观念的历史十分悠久，它让今天的我们不时产生隐居乡野的乌托邦想象，但早在前工业社会就已经散发出诱人的魅力了。

古代田园诗的确利用了这种对乡村的理想化想象，这是城市居民而非在土地上生活和劳作之人虚构出来的，他们以为在那里地位低下但知足常乐的劳动者们享受着与自然世界的神秘相通——但忒奥克里托斯也揭露了这一切的虚伪和乌托邦性质。在取笑过于圆滑的田园诗人希米奇达斯时，忒奥克里托斯明确表示这是供都市读者取乐的，我们不禁会问到底什么样的都市人会真正了解乡村，并质疑他们的怀旧——他们对那种受到威胁或业已消失的古老的简朴生活方式充满眷恋，但事实上他们所怀念的东西根本不曾存在过。于是，忒奥克里托斯与田园理想之间的反讽性距离，也让他的作品摆脱了令人腻味的感伤主义，不管是在他早期的继承者比翁的《阿多尼斯挽歌》中，还是在现代欧洲田园诗传统的许多文本和画作中，都充斥着这种感伤情怀。最后，忒奥克里托斯的田园诗对乡村生活的关注也是希腊化时期文学和艺术走向"写实主义"的大趋势的一部分（这类田园诗场景在后来作为昂贵庄园装饰品的罗马壁画中非常流行），而他对乡村安逸和简朴的赞美也与他同时代的哲学学派有所共鸣，如力图灌输"无忧无虑"和"朴素生活"的伊壁鸠鲁派。

　　忒奥克里托斯的田园诗继承人，公元前2世纪的希腊诗人莫斯霍斯和比翁，在他们非常优雅的诗作中改写了田园诗主旋律，特别借鉴了忒奥克里托斯对爱情失望和痛苦的描写。但真正成功地让田园诗这种体裁有了惊人的原创性，并为其指出发人深思的方向的，却是写出了《牧歌》的维吉尔，那是他出版的第一部作品，完成于公元前1世纪30年代初中期。与忒奥克里托斯不同，维吉尔创作了一部独立的田园诗集，因此就田园诗而言，是罗马人对希腊作品的模仿和改写才使得这种文类最终成形了。维吉尔对田园诗传统的继承在这部诗集最初的书名中体现得更加清楚——*Bucolica*（"牧牛歌"），后来他才把书名改成了较为直白的*Eclogues*，原意是（从更大的文本作品中选出的）"选集"。维吉尔这部诗集包括十首田园诗，他进行了精心的选择和编排，实现了多样性（避免将形式或主题相似的诗作安排在一起）和对称性。鉴于上一代最著名的罗马诗人卡图卢斯的诗作关注都市生活，维吉尔选择田园诗可能会显得很不时尚，但那也是它的魅力之一，因为他可以选用一种从未用拉丁语写过的体裁，使它与当代罗马人的生活息息相关，来显示自己的诗歌技巧和独创性。

令人惊叹的是，维吉尔能够做到这一点，是因为他拓展了田园诗的边界，随着整个罗马世界陷入内战，他把当代政治纳入了田园诗的主题范围。大约同一时期（公元前37年），学者瓦罗出版了一部以对话形式写成的散文体农业专论《论农业》，以一种带有戏弄讽刺意味的方式来表现罗马乡村的怀旧和理想化形象，但维吉尔选择田园诗则更为切中时弊，因为政治和战争进入乡间田园，破坏了那里的稳定宁静，令人更觉心酸和愤怒。因此，维吉尔的田园诗是革命性的，在他的笔下，一个原本远离政治的文类变成了对正在摧毁共和国的内战和政治暴力的深刻思考。

在安东尼和屋大维的军队击溃了布鲁图斯和卡西乌斯的军队，尤利乌斯·凯撒被暗杀，以及公元前42年的腓立比战役之后，屋大维军团中那些复员老兵被安置在整个意大利被没收的土地上，以武力驱逐大批人口，给乡村生活带来了灾难性的后果。《牧歌》的开头几行就明确阐明了随之而来的混乱——梅利伯诉说了自己被剥夺财产和流放的痛苦经历，相比之下，同为牧羊人的提屠苏则更加幸运：

　　提屠苏啊，你在榉树的亭盖下高卧，

用那织织芦管试奏着山野的清歌；

而我就要离开故乡和可爱的田园。

我逃亡他国；你则在树荫下悠闲，

让山林回响你对美貌阿玛瑞梨的称赞。

（第一首，第1—4行）[1]

在《牧歌》第九首中，情绪变得更加低落，莫埃里必须在曾经属于他的农田上耕作，而那片土地如今却成了一位疏远而冷酷的士兵的财产。莫埃里向他的朋友利西达斯解释说，就连他们的歌手同伴，伟大的梅那伽，也无法用他的诗歌挽救这片土地：

诗歌对我们有什么用处？

利西达斯呀，要是用它对战神的刀兵抵御，

就像卡昂尼的鸽子对进攻的鹰隼一般。

（第九首，第11—13行）[2]

"鹰隼"也是罗马军团的军旗，象征着战争毁灭了牧羊人的和谐世界。他们的诗歌不仅无力回天，也正在从记忆中消失——莫埃里难过地说："而现在这么多的歌都忘了"（第九首，第53行）——全诗结尾，两位等待着梅那伽，谁也不知道他什么时候回来，甚至怀疑他还会不会回来。

---

① 译文引自杨宪益译，《牧歌》，人民文学出版社1957年版，第1页。
② 同上书，第40页。

和他后来的作品,即(第二章讨论的)《农事诗》和《埃涅阿斯纪》一样,《牧歌》表达了对和平的强烈渴望,却没有那么自信,因为它们创作的时候,屋大维还没有明确地以"共和国的复兴者"自居。话虽如此,维吉尔在诗集的头一首诗中虽然对被剥夺财产的梅利伯表达了极大的同情,却也赞扬了某个"年轻人"(即屋大维)让乡村恢复了和平和秩序,而《牧歌》第四首期盼着一个孩子的出世,那会是罗马重回黄金时代的好兆头。这个孩子最有可能的原型是安东尼和屋大维娅(屋大维的姐姐)未出世的儿子,但希望中的继承人最终没有出世,而且无论如何,两位军阀于公元前40年通过联姻缔结的条约不久也土崩瓦解了。可能是为了适应不断变化的时局,维吉尔修订了这首诗,表达了无所不包的对和平和复兴的渴望。

在拓展田园诗的政治边界的同时,维吉尔也保留了忒奥克里托斯关注爱情、自然以及诗歌本身的性质和力量的特点。和忒奥克里托斯的《田园诗》第七首一样,《牧歌》第六首也体现了亚历山大时期对小篇幅博学诗作的审美,诗中阿波罗本人劝导诗人说,"一个牧人应该把羊喂得/胖胖的,但应该写细巧一些的诗歌"(第4—5行)[1]。维吉尔在这里改编了卡利马科斯《起源》中的一个著名场景,紧接着的那首诗则写到了维吉尔的朋友伽卢斯的授衔仪式,他成为在技巧和博学方面与卡利马科斯媲美的诗人。在《牧歌》第十首中,维吉尔写到了伟大的爱情哀歌诗人伽卢斯

---

[1] 译文引自杨宪益译,《牧歌》,人民文学出版社1957年版,第25页。

（见第三章），他因为遭到爱人吕科丽丝的残酷拒绝而前往阿卡迪亚那无忧无虑的田园世界寻求安慰，甚至试图放弃爱情哀歌转而写田园诗，最终却没能抵挡住自己的激情，因为（他的结束语说）"爱情征服万物，我们也只有向爱情投降"（第69行）[1]。因此，维吉尔既赞美了伽卢斯是一位卓越的爱情诗人，同时也吹捧了他自己对（不同）诗歌体裁的把握。诚然如此，这首诗（和整部书）的最后几行暗含着转向新的诗歌"领域"之意，维吉尔与田园诗说再见，而歌者从树下的田园式安逸中站起身来，在苍茫的暮色中赶着山羊回家："山羊们吃够了，回家去吧，黄昏星已经升起。"（第77行）[2]

　　然而维吉尔并没有真正抛弃田园诗，因为田园诗的主旋律弥漫在《农事诗》和《埃涅阿斯纪》中，特别是其中关于意大利乡村遭到内战蹂躏的伤痛意象，它们也影响了整个奥古斯都时期的文学，因为奥古斯都强调，在整个意大利和帝国范围内重振乡村生活是他的诸多卓著功勋之一。维吉尔的古代田园诗继承者中有作品存世的很少，而且他们都缺乏维吉尔对政治和文学格局的敏锐感知，因为他们笔下的牧羊人吹奏的都是让皇帝们感觉良好的颂歌。诗人与诗意田园之间的距离、"阿卡迪亚"（只有维吉尔偶尔提起，后来却成为田园安逸生活的**重要**象征）和不怎么理想的混乱现实之间的差距，是忒奥克里托斯和维吉尔的田园诗作品最大的成功之处，它们的缺席导致了后来很多田园诗传统文学和

---

① 译文引自杨宪益译，《牧歌》，人民文学出版社1957年版，第47页。
② 同上书，第48页。

图 7　英国浪漫主义的田园风光:《快活的牧牛人从田间载歌而归》,是威廉·布莱克为罗伯特·J.桑顿编辑的《维吉尔的田园诗》(伦敦,1821)所作的一系列木刻版画中的一幅

艺术的滥情倾向。最成功的现代田园诗作品是能够批判地利用这一差距的作品——比如弥尔顿在自己的田园哀歌《利西达斯》(1638)中谴责了教堂的腐败——而这些作品也证明,用以写作田园诗闻名的一位当代诗人的话来说,田园诗仍然能够警示读者"那张色彩斑斓的文学地图与现实世界的丑陋情状之间,始终难以协调"(谢默斯·希尼,《牧歌"弥留之际":关于田园诗的生命力》;参见图7)。

第八章

讽刺文学

　　本章将追溯从公元前2世纪的卢基里乌斯到公元2世纪初的尤维纳利斯这段时期罗马讽刺文学的发展，说明讽刺的目标、作者借以攻击目标的角色，如何反映了罗马共和国和罗马帝国不断变化的社会与政治背景（比如说言论自由的情况）。我们还将探讨普遍存在于罗马思想中的衰落叙事（见第五章）如何成为讽刺作家的主题元素，并考察他们对罗马社会和罗马文学的批评在何种程度上巩固了文化规范，又对那些规范提出了怎样的质疑。

　　在本书讨论的所有文类中，讽刺文学是罗马作者受到希腊先辈影响最小的：众所周知，罗马修辞学教师昆体良曾经吹嘘说，"无论如何，讽刺文学完全是我们自己的"（《论演说家的教育》10.1.93）。严格地说，鉴于它忽略了希腊传统——特别是讽刺辱骂诗（第三章）及旧喜剧中的人身和政治攻击（第四章）的传统——对罗马讽刺作品发展的影响，这种说法失之偏颇。话虽如此，如果从罗马讽刺诗没有希腊先驱这个意义上来说，昆体良的说法也有一定的道理，这十分重要，因此虽说他忽略了讽刺文学受到早期希腊各种文学形式的影响并从中汲取了不少元素这一事实,但他还是恰如其分地强调了罗马讽刺文学的独特性,以及罗马人为创造出这种文类而生出的自豪之情。

罗马讽刺文学的起源不一、形式混杂(有散文,有韵文)、内容多样(从文绉绉的文学滑稽模仿到最粗俗的辱骂攻击),这些都能在"讽刺"这个名字中看出,satire一词源于*satura*,意思是"加馅香肠",预示着这是一种包裹着形形色色的不同材料的文学形式。我们将会看到,讽刺作品(特别是尤维纳利斯的讽刺诗)中充满了各种不同的语调、主题和个性,它们也探讨一切形式的过度消耗的观念,探讨贪婪、贪食以及对大量财富和奢侈的贪欲。(在讽刺作品中,确是人如其食,但这句话还带有一种道德寓意。)而从*satura*是罗马独有的一道菜来讲,这个名字还暗含着昆体良在高谈罗马人的独创性时表现的那种民族自豪感。

虽然恩尼乌斯(公元前239—前169)写下了第一批名为"讽刺"的作品(只有几行存世),这个题目的意义更倾向于"杂糅的"形式和内容,真正被罗马人认定为讽刺文学创始人的,是在一个世代之后写作的卢基里乌斯,他让这个文类正式成为一种以人身辱骂和社会批评为特点的诗歌形式。他写过30本书,如今只有大约1 300行存世,但从这些诗行中足以看出卢基里乌斯为何有着如此巨大的影响力。他使用了一个强有力的诗歌第一人称:"我"这个人物总是在表现自己,谈论自己的经历和观点。他也会拿自己取笑,这始终是讽刺作家的一个额外优势,因为可以让自己显得不那么高高在上和吹毛求疵:所以有人说,"我们听说他请了一些朋友,包括那位不道德的卢基里乌斯"(片段929）。他还为该文类建立了全套社会功能：他喜欢道德说教，并攻击其他人的道德缺陷。除了政治和社会外，他还讨论他那个时代的罗马人会感兴趣的话题：哲学、文学、友谊，甚至如何正确拼写，而且他也（在一个会让人想起老加图的段落中：见第一章和第六章）嘲笑那些明明可以用拉丁语表达，却非要使用希腊语的装腔作势的罗马人："还有，本来说'沙发腿儿'和'灯'就可以了，我们非要庄重严肃地说'*les pieds de divan*'和'*les lampes*'。"（片段15—16）

卢基里乌斯的另一个贡献是他把六音步确定为讽刺诗的格律，不过在最终确定之前，他也尝试过许多其他格律。六音步从前是用于史诗的，因此这是个故意打趣的颠覆之举，他采用了与最高等级的诗歌形式，也就是讨论众神和最伟大的英雄行为的史诗相关的格律，把它用于一种毁谤的、世俗的、与人类生活那些最不体面的方面有关的文类。在后世罗马人，特别是讽刺作家看来，卢基里乌斯还体现了自由（*libertas*）的原则，就是说他可以随意批评他自己时代的权势人物。这一方面源于他自己的社会地位（他出身的富裕家庭享有元老院议员的地位）和有权有势的保护人，另一方面则是因为当时共和国的风气十分自由，但后来的讽刺作家写作的时代更加动荡和压抑，都知道自己无法这般毫无顾忌地坦率直言。

卢基里乌斯的言论自由可与卡图卢斯在公元前1世纪60年代—前1世纪50年代攻击凯撒等当代政治家的做法相提并论。但与这两位不同，下一代罗马讽刺作家、在动荡的公元前1世纪

30年代写作的贺拉斯,既没有很高的社会地位,也缺乏自由的公共辩论氛围。贺拉斯对比了卢基里乌斯的自由时代与自己所处的形势,却只字未提自己对共和国自由的渴望,这是可以理解的,他宁愿把政治留给专家们去讨论,与卢基里乌斯和卡图卢斯相比,这种淡泊无为大概会显得软弱无力。然而挑剔贺拉斯审时度势固然容易,但看他如何把对讽刺作品束手束脚的因素变成有利条件才是更有趣的。因此,贺拉斯明确区分了自己的讽刺风格和卢基里乌斯的风格,声称他那位伟大先辈的诗歌事实上很啰唆很不讲究,而他自己的文风更加简洁优雅:

> 我的确说过,卢基里乌斯的诗行有些
>
> 笨拙。他的支持者中谁会如此愚蠢,
>
> 竟不承认这一点?
>
> (贺拉斯,《讽刺诗集》第一卷,第10首,第1—3行)

贺拉斯强调稳重端庄而不喜欢粗俗辱骂;他的《讽刺诗集》仍然充满幽默和道学气,但他说教的方式更加温和自谦,没有多少明显的攻击性。贺拉斯的《讽刺诗集》呼应了卢基里乌斯对奢侈和堕落的抨击,旨在教授人们节制和自足的好处,但他采用了一种更为谨慎克制的方式。

第三位伟大的罗马讽刺作家佩尔西乌斯写作的时代正逢皇帝尼禄当政(公元1世纪50年代—60年代初),他采用了卢西里乌斯的义愤填膺的角色,表现为一个反对当代社会及其价值观的愤怒年轻人。为了与年轻的叛逆者身份相匹配，他还以一个夜夜醉酒、上学迟到的学生形象示人（《讽刺诗》第三首）。佩尔西乌斯用艰涩而精练的语言解释了哲学启蒙优于虚张声势的帝国政治或当代文学现象的种种好处，在《序曲》中宣称当代诗人只是为钱写诗，以此驳斥了诗歌灵感的陈词滥调：

> 哪怕骗人的金子闪出一道微光，
>
> 你都会以为是聒噪的男诗人和絮叨的女诗人们
>
> 正在为珀伽索斯①的甘露歌唱。

（第12—14行）

与贺拉斯随和的人格相反，佩尔西乌斯严厉而无情，他的愤怒只有一人可比，那就是最伟大的罗马讽刺作家尤维纳利斯，他在公元2世纪初那几十年里写过五卷《讽刺诗集》（共16首诗）。

作为一位讽刺诗人，尤维纳利斯的姿态是有话直说，省去所有的谎言和虚情假意，直指真相，越振聋发聩、莽撞无礼越好。然而他也和贺拉斯及佩尔西乌斯一样不敢批判当代公众人物：相反，他讽刺的目标要么是刻板印象中的外来者（外国人、罪犯等），要么是过去的人，特别是图密善皇帝统治时期（公元81—96）那些现已作古、无法实施报复的人，以及该王朝的最后一位图密善，在历史学家塔西佗（第五章）以及小普林尼（见第六章关于

---

① 希腊神话中的奇幻生物，形状是一匹长有双翼的马，通常是白色。这里这样写是因为他是缪斯女神的朋友。

他的《颂词》的讨论）等公元2世纪初的其他作家笔下，这位图密善也是头号恶魔。在《讽刺诗集》的第一首，尤维纳利斯伪装成一个卢基里乌斯那样的人物，即一位愤怒的武士，随时准备不顾安危唇枪舌剑，但他却在该诗结尾削弱了这个形象，承认他只敢采取安全的策略，只敢攻击死者：

> "所以在军号响起之前你要三思；
>
> 一旦戴上头盔，再想后退只怕太迟。"
>
> 于是我会想想只批评他们可否脱身，
>
> 就是那些骨灰埋在弗拉米尼亚大道和拉丁大道下面的人。
>
> （第一卷，第168—171行）

这是个奇怪的反高潮，却是诗人有意为之，因为它不仅戏仿讽刺了当代作家对过去的历史愤愤不平的倾向，也把过去的人物写成对当前的威胁，由此暗示过去和现在事实上有着密不可分的联系。换句话说，之所以把政治过往作为安全的攻击目标，不单单是因为那些人都死了，更是因为历史及其弱点是理解当前社会问题的关键途径。

尤维纳利斯无疑是讽刺文学发展史上最重要的人物，因为正是他的作品（特别是《讽刺诗集》第一到六卷）重点探讨了道德沦丧和政治腐败，以及与之伴随的道学家和政客的虚伪，对现代人关于讽刺文学这一类型的看法和期待产生了最为重大的影响。简言之，正是因为有了尤维纳利斯的作品，我们才觉得讽刺文学首先是政治的（最笼统意义上的政治）、愤怒的、滑稽的。尤维纳利斯那个愤怒角色的喜剧潜力在《讽刺诗集》的第一卷中就已经清楚地表现出来，他假装把愤怒作为自己诗歌的源头："如果没有天生的才能，只好让义愤激发我的诗兴。"（第79行）尤维纳利斯讽刺诗的大部分话题都很像以前的讽刺作品。讽刺作家们探讨社会和道德价值观，或是建议人应该如何生活，或是抨击在他们看来做错之人。这不单单局限于狭义的政治：因此，比方说，尤维纳利斯在《讽刺诗集》第三卷中对罗马及其城邦生活腐败沦丧的分析，在第六卷中对妇女及家庭生活的分析，都借鉴了卢基里乌斯、贺拉斯和佩尔西乌斯等人作品中的道德、社会和哲学观点。

尤维纳利斯在《讽刺诗集》中确立的攻击目标创造了一种明显保守的道德立场：他和他的叙述者们不喜欢外国暴发户们拥入罗马，希望对贫穷但生而自由的罗马公民给予更多的尊重：

> 　　　　　　　　　　　　　　那个希腊人
> 要在我之前签名，躺在一张比我的躺椅更舒服的沙发上歇
> 息吗——是不是那股给我们带来了梅子和无花果的南风，
> 把他吹到了罗马？是不是我，从童稚时期就呼吸着阿芬丁
> 山的空气，吃着萨宾的浆果长大的事实，现在已变得全无
> 意义？

（第三卷，第81—85行）

尤维纳利斯哀叹贵族保护人与平民之间的纽带已经瓦解，在他看来，那是罗马社会的一块基石：

> 疲惫的老平民离开了门廊
>
> 放弃了他们的希望——虽然对一个人来讲
>
> 没有什么比对饭食的思虑更长。穷苦的家伙得去买卷心菜和引火柴。
>
> 同时，他的老爷将大口咀嚼着来自森林和海上最精妙的作物，
>
> 独自一人，卧在空空的躺椅上。
>
> （第一卷，第132—136行）

社会流动性以及形形色色的人现在都摇身一变，成了骑士（*equites*），让他的叙述者们深感不安：

> "如果你还存有一丝耻感，"有人说，
>
> "如果你的财富没有达到法律规定的下限，
>
> 就请站起来，离那些留给骑士的软座远一点。
>
> 你的位置会被皮条客的儿子抢占，也不知他出生在哪个妓院。
>
> 一个油头粉面的拍卖商之子会在这里就座鼓掌
>
> 身边都是些角斗士或驯兽师的小子，身着盛装。"
>
> （第三卷，第153—158行）

他也不赞成现代的颓废风气，不管是《讽刺诗集》第二卷中的男同性恋、第六卷中淫荡的女人，还是第四卷和第五卷中的豪奢盛宴。因此，尤维纳利斯的《讽刺诗集》的道德观念相当一致，他认为现代社会是堕落腐败的，他站在穷苦但生而自由的罗马公民这边，他们通常都是破落户的子弟。

在这一点上，尤维纳利斯听起来可一点儿也不滑稽——事实上他的口气更像是《每日邮报》①的社论：反动、道学、装腔作势。但这样说忽略了尤维纳利斯在发出这些抨击之词时字里行间的大量微妙细节——因为尤维纳利斯通常会设定这样那样的情景，让我们质疑他的抨击是否真实或真诚，让我们对自己应当取笑谁狐疑不定。举例而言，在《讽刺诗集》第三卷中，我们被引导着质疑叙述者、尤维纳利斯的朋友乌布里修斯是否可靠（此人的名字很有意思，意为"鬼祟先生"），他出于厌恶而即将离开罗马。在对希腊人不讲道德，特别是擅长阿谀奉承发出一大通抱怨之后，乌布里修斯总结道：

> 罗马人在这里已经没有地位了，这个
> 普罗托格尼斯或狄菲卢斯或赫马库斯当政的国度。
> 一个那样的人从未有朋友（那是他的种族的一个缺陷），
> 而是始终一人独处。曾有一次他在保护人乐于倾听的
> 耳朵里

---

① 英国每日发行的老牌报刊，观点保守，曾因散播种族主义、虚假科学消息而受到指责。

滴了一滴毒液,那是他和他的国家现成的资源,

我就被迫离开门阶,白白浪费了多年为奴的岁月。

再没什么比抛弃一介平民更小的事,谁都不以为然。

(第三卷,第119—125行)

然而乌布里修斯抱怨的并非希腊人虚伪的阿谀奉承本身,而是他们比他更擅长此事。换句话说,乌布里修斯抱怨的是他自己那么多年心甘情愿地给一个富人"为奴"(就是阿谀奉承,鞍前马后),结果却被巧舌如簧的希腊人超越,让他的服务变得多余了。这里描述的乌布里修斯绝不是什么良善的老派罗马价值观的捍卫者,而是一个伪善的人,不过是因为丢了职位而心怀妒忌和愤愤不平罢了,所以他抨击外国人的,恰恰是他艳羡的他们更胜一筹的技能。

尤维纳利斯自己那些愤怒的角色在抨击目标时使用的过激话语本身,也有一种类似的疏离效果。举例而言,在《讽刺诗集》第六卷中,尤维纳利斯对女人的谩骂,因为其明显的哗众取宠而被消解。两个女人图利娅和毛拉没有被描述为淫荡与狡诈(这是厌女类诗歌中典型的指控),相反,尤维纳利斯想象出她们在象征着贞操的神坛上撒尿,然后两人在自己的尿液中做爱的丑陋形象(第309—313行)。这些段落既让我们取笑他辱骂的对象,也让我们嘲笑这个讽刺角色本身所持的荒谬观点。

所以在尤维纳利斯的《讽刺诗集》中,道德的裁决者往往因为自己的原因被暴露为伪善或荒唐的过激之人。叙述者既

令人捧腹，同时也令人厌恶，这就创造了一种令人不安的效果，让我们为跟他一起大笑而感到不适。不妨对比一下那些以尖锐或故意冒犯的方式讨论争议性话题的现代喜剧演员，我们作为观众一旦为他们的玩笑捧腹，会深感不安。如此说来，尤维纳利斯的《讽刺诗集》就在不止一个层面上实现了效果：天真的读者可能会发现自己的信仰或偏见得到了证实，尤其当目标是众矢之的（堕落者或寄生虫）或边缘群体（外国人、同性恋者、女人）时更是如此。或者他会认为自己就是尤维纳利斯笔下的那个普通人的角色，尤其在他为担心自己丧失社会地位的诚实体面的罗马人辩护时。但这位愤愤不平的道学家往往比他抨击的那些人好不到哪儿去。于是尤维纳利斯那位不可靠的叙述者就开始挑战读者，看他或她能否从中认出自己的自欺和伪善。乔纳森·斯威夫特有一句名言："讽刺是一种玻璃，观看者通常从中看到每一个人，却看不到自己"（《书的战争》序言，1704），而尤维纳利斯不断转换讽刺攻击的目标就表明，我们得当心自己嘲笑的人，因为稍不留意，我们自己就变成了众矢之的。

最后，我们必须谨记不要太过一本正经地讨论尤维纳利斯或者其他任何喜剧作家，因为他（和现代政治喜剧演员一样）虽然不时针砭时弊，真正的目的却是娱乐大众，他的诙谐机智和喜剧节奏自是十分出色。最后一个例子就足以说明问题，它选自《讽刺诗集》第三卷，描写了在大城市生活的种种危险（塞缪尔·约翰逊作于1783年的《伦敦》就是以这首诗为原型的）：

你有没有见过一个地方如此凄凉、如此孤单
跟它相比一切都不再令人着慌，什么葬身火海
什么房屋倾塌，什么住在野蛮罗马的上千种危难——
更何况还有诗人在炎热的八月诵读他们的诗篇？

（第三卷，第6—9行）

第九章

小　说

　　本书最后一章将讨论古代小说，小说相对来说是希腊和罗马文学的后起之秀，却也证明了贯穿整个古代文学的创新和活力。我们将从现存的五种希腊小说实例（均写于公元1世纪中期以后）开始，探讨它们典型的爱情和冒险主题如何广受大众欢迎，并了解它们日趋复杂精妙的叙事技巧。本章还将考察这些希腊散文体虚构作品中所体现的社会和政治价值观，与罗马帝国治下的希腊和罗马观众的价值观有何联系。我们会看到，希腊小说中对文类传统的运用和演绎在佩特罗尼乌斯与阿普列尤斯的拉丁语小说中更加突出，此二人的作品很好地（又一次）验证了罗马作家们以一种独特的罗马风格改写文学传统这一至关重要的能力。

　　虽然本章讨论的重点是希腊和罗马小说，但还是应该强调一下，古代散文体虚构作品有很多不同的种类——从虚构信函到传记作品到乌托邦故事或奇幻游记。因此，现代世界的虚构散文体叙事作品能有多种形式（从侦探小说到传奇故事，从历史小说到科幻小说，等等），是延续了古典文学的特点。古代读者没有为小说这一文类取一个具体的名字，因为它是在希腊化时期亚历山大港发生的体裁分类的形成时期（见第一章）之后发展起来的。虽然它没有古代的名称，我们仍然能够从现存的文本中看到家族相似性和成熟的定例，于是现代学者专门用"小说"这个名称来指代这七部散文体虚构作品——五部希腊语，两部拉丁语作品——把希腊小说的浪漫重点与拉丁小说的喜剧写实主义风格区分开来。

像自《堂吉诃德》（1605—1615）以来的现代欧洲小说一样，古代希腊小说也是一种包罗万象的文类，吸收了来自很多不同文学形式的元素，像史诗（特别是荷马的《奥德赛》，其中有着各种充满异域情调的冒险故事）及戏剧（特别是新喜剧中那些受到阻挠却最终结局圆满的爱情戏），但也吸纳了来自埃及和近东文化的影响。除了朗格斯的田园牧歌《达夫尼斯与赫洛亚》外，现存的文本展现了不少典型桥段，诸如出身很好的男孩和女孩坠入爱河，然后被分开，经历了种种险境，最后总算重聚。在最早的小说，即卡里同的《卡利罗亚》（公元1世纪中期）中，作者用了一个段落来总结这一文类的主要主题，其中叙述者在第八卷即最后一卷的序言中承诺读者，他们将看到一个圆满的结局：

> 我觉得这最后一卷应该是让读者特别愉悦的一卷，因为这里将不再有先前情节中那些令人难过的事情。不再有海盗或奴役或官司或战斗或自杀或战争或被俘，只有有情人终成眷属。

（8.1）

然而如果认为这些情节都是程式的堆砌而对其不屑一顾，就大错特错了，因为古代读者显然很喜欢这样的套路（现代类型小说的读者也是一样），而在一定程度上，每一部作品的趣味和技巧就在于它能否为这一文类的那些为人熟知的流行主题带来一些变化，那些主题包括：一见钟情、被海盗劫持、风暴与海难、锒铛入狱、生命和贞操危在旦夕、最后一刻的相认，以及婚姻的幸福。

卡里同在《卡利罗亚》中使用的"亲爱的读者"技巧提醒我们，有意操控读者的文学期待从一开始就是小说这种文类的一个特点，这一点很重要，因为希腊（及罗马）小说的文学造诣表明，它的读者是受过教育的群体。（古代评论家忽略了小说，认为它是"次等"文体，但那并未影响读者对它的喜爱。不妨想想那些既喜欢"获得高度评价"的作品，也喜欢最新畅销书或低俗小说的现代读者。）在色诺芬的《安蒂亚与哈布罗科斯》（公元2世纪初到中期）中，我们看到的是一个快节奏的动作惊悚故事，充满悬念的情节一个接着一个，女主人公被活埋了，但随后又被闯入她的坟墓寻找宝藏的劫匪"解救"。在阿基里斯·塔蒂乌斯的《琉基佩与克勒托丰》（公元2世纪下半叶）中，故事是由克勒托丰本人对作者讲述的，这是希腊小说中唯一一个第一人称叙事的例子（其他的都是第三人称叙事），由于我们与主人公共享观察事件的有限视角，从而巧妙地创造出反讽和张力，就像他（和我们）以为琉基佩被杀害了，但事实上她好好的——不过阿基里斯三次使用这一场景本身就表明，他在取笑其他小说中惯用的貌似死亡的桥段。

朗格斯的《达夫尼斯与赫洛亚》(公元2世纪末或3世纪初)是融合了浪漫小说与忒奥克里托斯式田园诗(第七章)的作品。两位年轻的主人公是在莱斯博斯岛上做牧羊人的时候相遇和相爱的,即便他们最终发现自己本是富有的都市人的后代,他们还是在短暂体验了大城市生活之后,回到自己的牧歌式乐园结婚和养家糊口。最后一部,也是篇幅最长的希腊小说——赫利奥多罗斯的《卡里克勒亚和特阿革涅斯》(共十卷,公元3或4世纪),就展示了相当娴熟精湛的叙事技巧。赫利奥多罗斯带领读者直接切入主题,小说一开头就是一个异乎寻常的神秘场景:一片埃及海滩上到处都是尸体和战利品,一位美丽的女性幸存者正在照顾她受伤的男性同伴——作者用好几卷的篇幅讲述了精彩的背景故事(就像荷马的《奥德赛》那样)之后,我们才了解到两位主人公如何陷入了这样的困境。

和现代小说一样,古代小说也向读者提供了一个可以逃离现实、获得愉悦的世界,然而这些虚构的希腊世界的性质很能说明问题:例如,场景通常是古典的过去,甚至当故事背景设置在罗马帝国时,通篇也没有一个罗马人。因此,和希腊旧喜剧(第四章)中的幻想和乌托邦世界一样,这些小说中的"逃避主义"都带有文化和政治色彩,由此透露出希腊人对政治独立时代的怀念——整个帝国的"希腊"(也就是说希腊语的)社区都有这种情绪,无论是埃及人、叙利亚人、犹太人……——以及罗马人对希腊文化遗产的热爱。

这些小说对理想化的浪漫爱情的关注,对于它们所揭示的性政治也具有重要意义：女主人公在婚前应该保持贞洁，但她们的男性爱人却可以偶尔屈于诱惑。在朗格斯的《达夫尼斯与赫洛亚》中，我们目睹了天真的年轻牧羊人（达夫尼斯15岁，赫洛亚13岁）所受的性教育，包括达夫尼斯由一位来自城市的年长已婚女人进行性启蒙，而在少男少女试图做爱却失败的场景中，既有幽默，又不乏性窥探，"就像公绵羊对母绵羊，公山羊对母山羊"（3.14）。乡村的田园牧歌式"天真无邪"与两位乡下主人公的纯洁无瑕相符（这同样更多是城里人的想象：见第七章）。和早期的英国小说一样，典型的希腊小说情节也都围绕着婚姻展开，而且往往是聪敏而充满灵气的女主人公给读者的印象更为深刻，也是她引导着情节一步步走向大团圆。男人最后仍然占得上风，但如果他们让体面的女人名誉受损，必会因此而受到惩罚。举例而言，在卡里同的《卡利罗亚》中，凯勒阿斯因妒忌而脚踹他怀孕的妻子，一心想要杀了她，最后沦为奴隶（不过别担心，他们还是会从此幸福地生活在一起……）。

现存的主要罗马小说，佩特罗尼乌斯的《萨蒂利卡》（约公元1世纪50—60年代）和阿普列尤斯的《变形记》或《金驴记》（约公元150—180），都假设读者非常熟悉希腊传奇小说的典型故事套路，但又各自把这种文类引向了一个独特的创作方向。佩特罗尼乌斯可能就是尼禄宫廷中的那位政治家和"品味的引领者"（*elegentiae arbiter*，是塔西佗对他的称呼），后来因尼禄的心腹提格利努斯妒忌他的影响力并告发他，被迫于公元66年自杀。塔西佗曾描写过这位佩特罗尼乌斯拒绝以禁欲主义的方式死去，而是在死前的最后几个小时里聆听浮夸的诗歌，又在自己的遗嘱中揭露了尼禄沉湎酒色的种种细节（《编年史》16.18—19）。无论如何，《萨蒂利卡》中显示了一种同样不恭和戏仿的精神，它借鉴了许多写于尼禄时代的文学形式（包括史诗、悲剧、哲学专著和讽刺文学），创作的小说既是独树一帜的文类大杂烩，也是对当代罗马社会令人捧腹的尖刻批评。

佩特罗尼乌斯的小说原著很长（或许有20卷），但只有片段存世。不过这些片段中充满各种插曲，描述了小说主人公也是叙述者恩柯皮亚斯的传奇流浪冒险，他和（不忠的）男朋友吉东一起，为寻找奢华无忧的生活和免费晚餐，在时髦的那不勒斯湾和意大利南部那些乌烟瘴气的地方游荡。佩特罗尼乌斯对传奇情节套路的戏仿也是英国小说早期反复使用的技巧：例如，亨利·菲尔丁的《约瑟夫·安德鲁斯》（1742）就宣称自己是一部"喜剧传奇"，一开篇就是对塞缪尔·理查逊的《帕米拉》（1740）的戏仿。关于修辞的争论、诗朗诵、情人间的争吵、放纵的双性恋——《萨蒂利卡》随心所欲的叙事能够满足每一种读者的口味（见图8）。

小说的题目"萨蒂利卡"本意为"萨蒂的故事"，本身就显示了它淫秽下流的主题，让人想起希腊神话中那些充满兽欲且终年淫荡妖媚的神物们。和萨蒂一样，恩柯皮亚斯和他的朋友们贪图享乐，一心追求情爱欢愉。但萨蒂的主旨也被喜剧化地削弱了：虽有一位明艳动人的女色情狂（"基尔克"，让人想起荷马的《奥德赛》中勾引男人的女妖）大献殷勤，恩柯皮亚斯（此名意为"裤

图8　庞贝古城的一所妓院里的壁画，画的是一个年轻人和妓女在一起（公元1世纪）。佩特罗尼乌斯的叙述者频繁地光顾这类场所

裆先生"，名副其实）仍然无法勃起，他情急之下，威胁阴茎说要把它阉割，还用一种模仿英雄的悲愤口吻对阴茎说，"这就是我在你那里应得的吗？我人在天堂，你却要将我拖向地狱？"（132）后来，恩柯皮亚斯又把自己的性无能归咎于生殖之神普利阿普斯"可怕的愤怒"（139），戏仿了史诗中那些不友善的神祇。同样，在早先利卡斯（"口交船长"）船上的一个场景中，乔装的恩柯皮亚斯因自己的阴茎而被人认出，他把这一发现比作荷马的《奥德赛》中的著名场景——英雄最终因为身上一处打猎的伤疤而被认出（105）。暂且不论阴茎，"萨蒂利卡"这一题目还暗指罗马的讽刺文学（*satura*），其不恭不敬的影响在书中的许多情节中非常明

显，特别是特立马乔做东的那些浮夸而毫无品位的宴会，恩柯皮亚斯和他的朋友们下了一番功夫才受到邀请。

《特立马乔的宴会》是这部小说现存的最长的片段，是阶层喜剧和社会讽刺的杰作。特立马乔出身奴隶，白手起家成为百万富翁，力图用琳琅满目的菜肴大宴宾客，但他令人作呕的炫富只会突显他对文化和礼节的无知，如他对希腊神话断章取义——"我有一个碗，上面画着代达罗斯把尼俄伯关进了特洛伊木马中①"（52）——还有他对满桌宾客大谈憋屁的危险：

> "相信我吧，上升的气体会侵袭大脑，冲击整个身体。我认识的很多人都是这么死的，因为他们对自己不诚实。"我们感谢他对我们如此慷慨和体贴，赶紧干了好几杯酒，才总算没有大笑出声。
>
> （47）

叙述者恩柯皮亚斯对粗俗的暴发户特立马乔的鄙视，反映了出身奴隶之人的社会地位变化给罗马人带来的焦虑，但作者并没有单纯地鼓励读者去嘲笑特立马乔，因为他也同样讽刺了恩柯皮亚斯的势利（他本人就是个窃贼和吃白食的人）。因此，这段故事是对当代罗马拜金主义、财富和阶级的尖锐与滑稽的

---

① 代达罗斯是希腊神话中的著名工匠，他有一个儿子叫作伊卡洛斯。尼俄伯是古希腊神话女性人物之一，曾多次吹嘘其子女，后来因为阿波罗杀了她的子女而悲痛万分，化为石头。特洛伊木马是希腊军队在特洛伊战争中，用来攻破特洛伊城的那只大木马。这里将希腊神话中毫无关系的人物和事件张冠李戴了。

批评，不仅嘲讽了尼禄时代社会的腐败和堕落，每个人都在争抢金钱、性和权力，同时讽刺了那些和虚伪的希腊人恩柯皮亚斯一样自命不凡，表现出一种道德或社会优越感的人。因此，和自那以后的许多伟大的喜剧小说一样，《萨蒂利卡》也是一部尖锐的社会分析杰作。

就文学视野和精湛技艺而言，阿普列尤斯的小说可与佩特罗尼乌斯的《萨蒂利卡》相媲美，那部小说的原名叫《变形记》，但它更广为人知的题目是《金驴记》（圣奥古斯丁为它命的题目是《神之城》，18.18）。阿普列尤斯于公元125年前后生于玛多鲁斯（如今的阿尔及利亚），他这部雄心勃勃的著作（11卷）是唯一一部完整流传下来的罗马小说。叙述者是一个名叫卢修斯的希腊人，小说讲的是他在打探魔术的诀窍时，意外地变成一头驴的故事。然后他讲述了自己从一个狡诈的主人转手给另一个主人，那些通常十分下流的冒险经历（还有许多是他用自己那双硕大的驴耳朵听到的），直到最后女神伊希斯把他变回了人形，并让他从此崇拜自己。在穿插入主要情节的许多故事中，篇幅最长也最著名的，是丘比特与普赛克的故事（4.28—6.24），普赛克的好奇心（想看看自己的神圣爱人）导致她四处流浪，受了很多苦，多亏神的介入才总算终结——与卢修斯自己的故事十分相似。

和《萨蒂利卡》中的恩柯皮亚斯一样，卢修斯/那头驴也常常对发生在自己身上的事情感到震惊或困惑，他的反应也催生了大量喜剧情节。《变形记》将粗俗与哲学-神秘元素相结合，是它最有创意也最有趣的特点之一。因此，举例来说，当一个有钱的女士看到卢修斯/那头驴在巡回马戏团中变戏法时,她爱上了他,还跟他做了爱,这让他的主人想出了一个聪明的好主意——这头驴可以在付费观看的大众面前表演与一个被定罪的女囚犯做爱。但卢修斯逃跑了,向天后祈祷,后者以伊希斯之形显灵,指导他如何重新变回人形(在第二天的一个为她举行的游行路边撒有很多玫瑰花,只要吃了那些玫瑰花就可以变回人形),并一生崇拜她。

然而叙述者这场通往启蒙和救赎的非凡之旅在最后还有一个转折,卢修斯原来就是阿普列尤斯本人(11.27),这是叙述者变成作者的一场精彩的文学变形,它戏谑的是写小说这个行为,作者在其中创造了虚构人物的身份。(它同样可以与菲尔丁的《约瑟夫·安德鲁斯》相比,那部小说的结尾揭示约瑟夫就是威尔逊先生失散已久的儿子,后者的生活经历让人想起菲尔丁本人。)所以说,这不是旨在让读者皈依伊希斯和死亡之神奥西里斯等神秘偶像的热心圣徒的天路历程,它的幽默结局把我们带回到了小说序曲的精神,序曲中写道:"读者啊,请注意倾听这个故事;你会喜欢上它的。"但尽管如此,《变形记》的最后一卷还是让我们看到了公元2世纪的非基督徒读者对承诺摆脱肉体束缚和获得美好来生的偶像崇拜发自内心的兴趣,并提醒我们,彼时另一种偶像崇拜正在帝国的东方兴起,终有一日将席卷整个帝国。

终　曲

　　自然，谁也无法在一部"通识读本"中涵盖古典文学一切值得讲解的内容，哪怕是一部长篇专著也难以胜任，不过我还是写了这本书，试图说明古典文学绝不是保守乏味或无关紧要的，最优秀的古典文学作品至今仍然一如既往地有趣和刺激。在我的开始中是我的结束①（引用一句现代经典），所以关于文学的力量，最后的定论当归于荷马，他描写了吟游诗人得摩多科斯当众吟唱希腊人摧毁特洛伊的歌谣，当他唱罢：

> 著名的歌人吟唱这段故事，奥德修斯
> 听了心悲怆，泪水夺眶沾湿了面颊。
> 有如妇人悲恸着扑向自己的丈夫，
> 他在自己的城池和人民面前倒下，
> 保卫城市和孩子们免遭残忍的苦难；
> 妇人看见他正在死去作最后的挣扎，
> 不由得抱住他放声哭诉；在她身后，

---

　　① 出自 T. S. 艾略特：《四个四重奏》第二首，《东科克》，汤永宽译。

敌人用长枪拍打她的后背和肩头，
要把她带去受奴役，忍受劳苦和忧愁，
强烈的悲痛顿然使她面颊变憔悴；
奥德修斯也这样睫毛下流出忧伤的泪水。

（《奥德赛》第八卷，第521—531行）①

---

① 译文引自王焕生译，《荷马史诗·奥德赛》，人民文学出版社1997年版，第149页。

译名对照表

A

Achilles Tatius 阿基里斯·塔蒂乌斯

Aeschylus 埃斯库罗斯

Alcaeus 阿尔凯奥斯

Alexandrian aesthetic 亚历山大里亚派
美学

Ambrose 安波罗修

Ammianus Marcellinus 阿米阿努斯·
马塞林

Apollonius Rhodius 罗德岛的阿波罗尼
俄斯

Apuleius 阿普列尤斯

Arcadia 阿卡迪亚

Archaic Age 古风时期

Archilochus 阿尔基洛科斯

Aristophanes 阿里斯托芬

Aristotle 亚里士多德

Athens 雅典

atomic theory 原子学说

Augustan Age 奥古斯都时期

Augustine 奥古斯丁

Ausonius 奥索尼乌斯

B

barbarians 野蛮人

biography 生平传记

Bion 比翁

Britain 不列颠

Byzantium 拜占庭

C

Callimachus 卡利马科斯

canon 正典

Cato the Elder 老加图

Catullus 卡图卢斯

Chariton 卡里同

choral poetry 合唱诗

Christianity 基督教

Cicero 西塞罗

civil war 内战

Classical period 古典时期

Claudian 克劳狄安

colonization 殖民

comedy, Greek 希腊喜剧

comedy, Roman 罗马喜剧

Cremutius Cordus 克莱穆提乌斯·科
尔都斯

D

democracy 民主

Demosthenes 德摩斯梯尼

Dio Chrysostom 金嘴狄翁

E

elegy, Greek 希腊哀歌

elegy, Roman 罗马哀歌

papyrology 莎草纸学
Pericles 伯里克利
periodization 分期
Persian Wars 希波战争
Persius 佩尔西乌斯
persona 第一人称，角色
Petronius 佩特罗尼乌斯
Pindar 品达
Plato 柏拉图
Plautus 普劳图斯
Pliny the Younger 小普林尼
Plutarch 普鲁塔克
Polybius 波利比阿
Prometheus 普罗米修斯
Propertius 普罗佩提乌斯
Prudentius 普鲁登修斯

Q

Quintilian 昆体良
Quintus Smyrnaeus 昆图斯·士麦那

R

religion 宗教
Republican period 共和国时期
Romanticism 浪漫主义
Romulus and Remus 罗慕路斯和雷穆斯

S

sacrifice 动物献祭
Sallust 撒路斯特
Sappho 萨福
satyr play 羊人剧
Seneca 塞涅卡
sexual morality 性道德

Silius Italicus 西利乌斯·伊塔利库斯
Solon 梭伦
Sophocles 索福克勒斯
Sparta 斯巴达
Statius 斯塔提乌斯
symposium 酒会

T

Tacitus 塔西佗
Terence 泰伦提乌斯
Theocritus 忒奥克里托斯
Theognis 泰奥格尼斯
Thucydides 修昔底德
Tibullus 提布鲁斯
tragedy, Greek 希腊悲剧
tragedy, Roman 罗马悲剧
Trojan War 特洛伊战争
transmission of texts 文本的传承
Tyrtaeus 提尔泰奥斯

V

Valerius Flaccus 瓦勒里乌斯·弗拉库斯
Valerius Maximus 瓦勒里乌斯·马克
    西姆斯
Varro 瓦罗
Velleius Paterculus 维雷乌斯·帕特库
    鲁斯
Virgil 维吉尔
    Aeneid《埃涅阿斯纪》
    Eclogues《牧歌》
    Georgics《农事诗》

X

Xenophon of Ephesus 以弗所的色诺芬

扩展阅读

This is a highly selective list, limited to books in English; more detailed bibliographies are given in the suggested works, or can be found in the relevant section of S. Hornblower, A. Spawforth, and E. Eidinow, eds., *The Oxford Classical Dictionary*, 4th edn. (Oxford, 2012).

Translations

Excellent and up-to-date translations of the works discussed in this
    book are available in the following series:
The World's Classics (Oxford University Press)
<http://www.oup.co.uk/worldsclassics>
The Penguin Classics (Penguin Books)
<http://www.penguinclassics.co.uk>
Greek and Latin texts with a facing English translation:
The Loeb Classical Library (Harvard University Press)
<http://www.hup.harvard.edu>

第一章　历史、文类和文本

History of the classical world: S. Price and P. Thonemann, *The Birth of
    Classical Europe: A History from Troy to Augustine* (London,
    2011).
Where it all happened: R. J. A. Talbert, ed., *Atlas of Classical History*
    (London, 1985).

The importance of genre: A. Fowler, *Kinds of Literature: An Introduction to the Theory of Genres and Modes* (Oxford, 1982).

Ancient critics on their own literature: D. A. Russell and M. Winterbottom, eds., *Classical Literary Criticism* (Oxford, 1989).

The transmission of classical texts: L. D. Reynolds and N. G. Wilson, *Scribes and Scholars: A Guide to the Transmission of Greek and Latin Literature*, 3rd edn. (Oxford, 1991).

The impact of Christianity: R. Lane Fox, *Pagans and Christians* (London, 1986).

New papyrological discoveries: P. Parsons, *City of the Sharp-Nosed Fish: Greek Lives in Roman Egypt* (London, 2007).

第二章　史　诗

The genre: J. B. Hainsworth, *The Idea of Epic* (Berkeley, 1991).

Homer's *Iliad*: W. Allan, *Homer: The Iliad* (London, 2012).

Homer's *Odyssey*: J. Griffin, *Homer: The Odyssey*, 2nd edn. (Cambridge, 2004).

Hellenistic variations: R. L. Hunter, *The Argonautica of Apollonius: Literary Studies* (Cambridge, 1993).

Early Latin epic: S. M. Goldberg, *Epic in Republican Rome* (Oxford, 1995).

Virgil's *Aeneid*: K. W. Gransden, *Virgil: The Aeneid*, 2nd edn. (Cambridge, 2004).

Ovid's transformation of epic: E. Fantham, *Ovid's Metamorphoses* (Oxford, 2004).

Lucan and civil war: J. Masters, *Poetry and Civil War in Lucan's Bellum Civile* (Cambridge, 1992).

Hesiod's dour picture of the world: J. S. Clay, *Hesiod's Cosmos* (Cambridge, 2003).

Lucretius' Epicurean universe: D. Sedley, *Lucretius and the Transformation of Greek Wisdom* (Cambridge, 1998).

The poetry and politics of Virgil's *Georgics*: L. Morgan, *Patterns of Redemption in Virgil's Georgics* (Cambridge, 1999).

第三章　抒情诗和个人诗

Greek lyric poetry: D. E. Gerber, ed., *A Companion to the Greek Lyric Poets* (Leiden, 1997).

Wine, song, sex, politics: O. Murray, ed., *Sympotica: A Symposium on the Symposion* (Oxford, 1990).

Pindar and his patrons: L. Kurke, *The Traffic in Praise: Pindar and the Poetics of Social Economy* (Ithaca, NY, 1991).

Catullus and Roman society: T. P. Wiseman, *Catullus and His World: A Reappraisal* (Cambridge, 1985).

Latin love elegy: P. Veyne, *Roman Erotic Elegy: Love, Poetry, and the West*, trans. D. Pellauer (Chicago, 1988).

Horace and Augustan literature: P. White, *Promised Verse: Poets in the Society of Augustan Rome* (Cambridge, MA, 1993).

第四章　戏　剧

The roots of Greek tragedy: J. Herington, *Poetry into Drama: Early Tragedy and the Greek Poetic Tradition* (Berkeley, 1985).

The variety of tragedy: R. Scodel, *An Introduction to Greek Tragedy* (Cambridge, 2010).

The importance of choral song and dance: L. A. Swift, *The Hidden Chorus: Echoes of Genre in Tragic Lyric* (Oxford, 2010).

Athenian life and politics in Aristophanic comedy: D. M. MacDowell, *Aristophanes and Athens: An Introduction to the Plays* (Oxford, 1995).

New Comedy: R. L. Hunter, *The New Comedy of Greece and Rome* (Cambridge, 1985).

Seneca's transformation of tragedy: A. J. Boyle, *Roman Tragedy* (London, 2006).

第五章　撰　史

Herodotus' achievement: J. Gould, *Herodotus* (London, 1989).

Thucydides' understanding of war: W. R. Connor, *Thucydides* (Princeton, 1984).

History as literature/literature as history: C. Pelling, *Literary Texts and the Greek Historian* (London, 2000).

Polybius and Rome: F. W. Walbank, *Polybius* (Berkeley, 1972).

Sallust and the politics of the republic: R. Syme, *Sallust* (Berkeley, 1964).

Caesar's self-presentation: K. Welch and A. Powell, eds., *Julius Caesar as Artful Reporter: The War Commentaries as Political Instruments* (London, 1998).

Livy and the Roman past: J. D. Chaplin, *Livy's Exemplary History* (Oxford, 2000).

Tacitus and the imperial system: R. Syme, *Tacitus*, 2 vols. (Oxford, 1958).

Classical historiography and later Western thought: A. Momigliano, *The Classical Foundations of Modern Historiography* (Berkeley, 1990).

第六章 演 说

The origins of rhetoric: E. Schiappa, *The Beginnings of Rhetorical Theory in Classical Greece* (New Haven, 1999).

Democracy and persuasion: J. Hesk, *Deception and Democracy in Classical Athens* (Cambridge, 2000).

Legal contexts: D. M. MacDowell, *The Law in Classical Athens* (London, 1978).

Praising the dead: J. Herrman, *Athenian Funeral Orations* (Newburyport, MA, 2004).

Lysias and Athenian society: C. Carey, *Trials from Classical Athens*, 2nd edn. (London, 2011).

The skill of Demosthenes: D. M. MacDowell, *Demosthenes the Orator* (Oxford, 2009).

Cicero's personae: C. Steel, *Reading Cicero: Genre and Performance in Late Republican Rome* (London, 2005).

The function of praise in the Roman empire: R. Rees, ed., *Latin Panegyric* (Oxford, 2012).

Overcoming prejudice against rhetoric: B. Vickers, *In Defence of Rhetoric* (Oxford, 1998).

第七章 田园诗

The nature of pastoral: P. Alpers, *What is Pastoral?* (Chicago, 1996).

Urban nostalgia: R. Williams, *The Country and the City* (Oxford, 1973).

The many uses of pastoral: A. Patterson, *Pastoral and Ideology: Virgil to Valéry* (Berkeley, 1987).

Theocritus' bucolic idylls: K. J. Gutzwiller, *Theocritus' Pastoral Analogies: The Formation of a Genre* (Madison, 1991).

Virgil's expansion of the genre: P. Alpers, *The Singer of the Eclogues: A Study of Virgilian Pastoral* (Berkeley, 1979).

Idyllic landscapes in Roman wall-painting: E. Winsor Leach, *Vergil's Eclogues: Landscapes of Experience* (Ithaca, NY, 1974).

Poetry about poetry: G. Williams, *Tradition and Originality in Roman Poetry* (Oxford, 1968).

第八章　讽刺文学

A Roman genre: M. Coffey, *Roman Satire*, 2nd edn. (Bristol, 1989).

The 'threat' of satire: K. Freudenburg, *Satires of Rome: Threatening Poses from Lucilius to Juvenal* (Cambridge, 2001).

Lucilius and Hellenism: E. S. Gruen, *Culture and National Identity in Republican Rome* (Ithaca, NY, 1992), ch. 7.

Catullus as social commentator: C. Nappa, *Aspects of Catullus' Social Fiction* (Frankfurt, 2001).

Horace's satirical persona: W. S. Anderson, *Essays on Roman Satire* (Princeton, 1982).

Decoding Persius: J. C. Bramble, *Persius and the Programmatic Satire: A Study in Form and Imagery* (Cambridge, 1974).

Consumption and decadence: E. Gowers, *The Loaded Table: Representations of Food in Roman Literature* (Oxford, 1993).

Mockery and self-ridicule: M. Plaza, *The Function of Humour in Roman Verse Satire: Laughing and Lying* (Oxford, 2006).

第九章　小　说

The genre in antiquity: N. Holzberg, *The Ancient Novel: An Introduction* (London, 1995).

The Greek novels in translation: B. P. Reardon, ed., *Collected Ancient Greek Novels*, 2nd edn. (Berkeley, 2008).

Greece under Rome: S. Swain, *Hellenism and Empire: Language, Classicism, and Power in the Greek World AD 50–250* (Oxford, 1996).

The novel in Rome: P. G. Walsh, *The Roman Novel: The 'Satyricon' of Petronius and the 'Metamorphoses' of Apuleius* (Cambridge, 1970).

Funny things happen on the way to the forum: J. R. W. Prag and I. D. Repath, eds., *Petronius: A Handbook* (Chichester, 2009).

Being an ass: C. C. Schlam, *The Metamorphoses of Apuleius: On Making an Ass of Oneself* (Chapel Hill, 1992).